KB270624

서문문고
240

인형의 집

입 센 지음
김 중 남 옮김

Et Dukke Jem

Henrik Ibsen

해 설

1

　노르웨이의 극작가 헨릭 입센(Henrik Ibsen, 1828~1906)은 1878년에 발표한 3막극 〈인형의 집(ET DUKKE JEM)〉을 통해, 재빠른 직관을 지닌 여성의 특질이 사회질서를 구축하는 데 있어 전혀 고려되지 않고 있다는 사실을 강조하면서, 사회에서의 여성의 지위를 문제삼고 있다. 그는 또한 남자로 이루어진 사회에서는 여자가 자기의 목적과 의지를 개발할 기회가 거의 없다고 주장했다. 따라서 여성은 자신의 의식 속에 잠재해 있는 모든 가능성을 현실화할 수 없다는 것이다. 그는 현세와 내세에서 밝고 보다 희망찬 인류 사회를 이루기 위해서는 여성에 대한 사회의 불공평한 처사는 시정되어야 하며, 가부장 중심의 사회가 지양되어야 한다고 주장하고 있다. 즉, 남녀가 모두 대등한 인간으로서 사회질서를 이루어 나가야 한다는 것이다.

아무튼 인형의 집은 여성의 문제, 특히 가부장적인 사회에서 여성 해방 문제를 다룬 최초의 기록으로서 세인의 주목을 끌기에 충분했으며, 오늘날에도 주인공 노라는 여성 해방 운동의 대명사로 불리고 있다. 입센이 이러한 여성 해방 문제를 다루고자 하는 의지는, 이미 인형의 집이 발표되기 10년 전인 1869년에 출판된 ≪청춘동맹≫에서 나타나 있다. 즉 ≪청춘동맹≫의 젊은 여주인공 셀마는 가정에서 자신의 지위에 반기를 들고 나선다. 그녀가 등한시되거나 다른 사람들이 그녀에 대해 불친절해서가 아니라, 그와 반대로 그들이 너무나 보호자적이고 친절하다고 생각했기 때문이다. 그래서 그녀는 자기 본래의 자신—자주적인 인간—을 잃어버리게 되었다는 것이다. 왜냐하면 그녀가 브라츠베르크 가족의 책임을 균등하게 나눠 갖지 못했기 때문이다. 이러한 의미에서 셀마는 실제로 노라의 선배였으며 여성 해방 운동의 선구자였다.

입센이 1877년에 발표한 ≪사회의 지주(支柱)≫ 이후 두번째 사회극(社會劇)으로도 평가받는 ≪인형의 집≫은 그 당시 스칸디나비아와 독일의 무대를 휩쓸고 있던 프랑스의 작품들을 압도하였으나, 좁은 의미에서 그 문학적 근원은 거의 찾아볼 수 없다. 작가는 이 작품에 대한 직접적인 자극 및 충동을 카밀라 콜레츠(1813~

1895)에게서 받았다. 그녀는 부당하게 억압받는 여성들의 권익 보호를 위해 1877년 〈벙어리들의 침상에서〉란 보고서를 발표함으로써, 여성 해방 운동을 부르짖고 나섰던 인물이다. 입센 자신도 ≪인형의 집≫을 비롯한 일련의 작품들이 그녀의 영향을 받았음을 암시해 주고 있다. 또한 로마에 있는 스칸디나비아 동맹에서 그가 제출한 여성의 대등한 사회적 지위에 관한 두 가지 제안이 부당하게 거부된 것도 이 작품을 쓰게 된 요인의 하나로 간주되고 있다.

그밖에도 영국 여성의 사회적 권한을 위해 투쟁한 존 스튜어트 밀(1806~1873)이나 스웨덴의 작가 알름 크위스트(1793~1866) 등도 간접적이나마 입센의 작품 ≪인형의 집≫에 영향을 끼쳤다. 줄거리의 초안은 입센이 친교를 맺고 있던 여류작가 라우라 킬러의 결혼 생활과 일치한다. 즉 인형의 집에서 노라의 실제 모델이 라우라 킬러라는 것이다. 그녀는 입센이 쓴 ≪브란드≫에 매료당해 자기도 그와 같은 소설을 쓰고 싶은 마음에 불탔다. 라우라는 실제로 ≪브란드의 딸들≫이란 작품을 써서 입센에게 보냄으로써 두 사람은 친교를 맺게 되었다. 한창 저작생활을 시작하려 할 즈음, 그녀는 덴마크에서 킬러라는 덴마크인과 사랑에 빠져 결혼을 하게 된다. 고등교육을 받은 킬러는 청교도적이고 다소

얌전한 편이었지만, 자존심이 강하고 불 같은 기질을 지닌 사람이었다. 그는 여성의 처지에서 인생을 바라보는 도량이 없었으며, 주로 자기 자신의 문제들과 내면적 고통만을 생각하는 이기적인 인물이었다.

따라서 킬러는 《인형의 집》에서 토르발트 헬메르의 성격과 일맥 상통한다. 입센은 이와 같이 실제로 존재했던 인간에게, 실제로 일어났던 일들을 《인형의 집》의 중심되는 줄거리로 삼았다. 그래서 《인형의 집》이 발표되었을 때, 라우라 킬러는 마치 입센이 자기의 인생 스토리를 그대로 복사한 것 같은 느낌을 받았던 것이다. 결혼 이후의 그들의 생활, 행 불행 등 사건의 전개는 《인형의 집》과 거의 일치하고 있다.

2

《인형의 집》은 1879년 5월 2일에서 8월 3일에 걸쳐 완성되어 같은 해 코펜하겐의 길덴달과 라이프치히의 레클람 출판사에서 간행되었다. 그리고 드라마는 1879년 12월 21일 코펜하겐의 왕립극장에서 초연되었고, 독일에서는 1880년 3월 3일 뮌헨의 궁정부속극장에서 최초로 공연되었다. 이제 어떻게 해서 노라가 《인형의 집》을 뛰어나가게 되는지 그 과정을 간략하게 살펴보고자 한다.

때는 겨울의 크리스마스 주간이고, 무대는 변호사 토르발트 헬메르의 집이다. 헬메르는 「빚을 지지 말자!」 「결코 돈을 빌리지 말자」라고 주장하는 것처럼, 근검하고 매사에 빈틈이 없는 사람이다. 이제 그는 수년 동안 경제적 시련을 겪은 후에 주식은행의 은행장으로 임명되었다. 그의 아내 노라는 변덕스럽고 고집쟁이이며 낭비벽이 있는 여자로서, 헬메르와 8년 동안을 함께 살아왔지만 남편에겐 아직도 「지저귀는 종달새」「주책없는 방울새」, 또는 「아기처럼 항상 보호가 필요한 가냘픈 애인」의 존재에 지나지 않았다. 즉 그녀는 자기의 표현처럼 인형의 집에서 춤추고, 노래하고, 재롱을 떠는, 그리고 군것질하다 들키면 남편에게 조그만 거짓말도 사양하지 않는 철없는 소녀처럼 묘사되어 있다.

사실 노라는 여성으로서의 감성과 본능은 지니고 있지만, 한 번도 스스로 결정을 내린 일이 없다. 자주적으로 독립된 의사를 행사해 본 일이 없는 것이다. 따라서 그녀의 의식 속에는 인간의 본질적인 요소, 즉 자기 자신에 대한 신뢰감도 없는 것같이 느껴진다. 그녀에게는 크리스티네 린데라는 처녀 시절의 친구가 있다. 그녀는 의지할 데 없는 어머니와 어린 두 동생 등 가족의 부양을 위해 첫번째 남자였던 크로그스타트와의 관계를 청산하고, 새로이 돈 많은 남자와 결혼한 모든 것을 합리적으로 사고하는 여자이다. 이제 다시 과부가 되어 헬메르의 집을 찾아온 크리스티네가 노라와 함께 나누는 대화에서, 아직까지 인생의 진지한 면을 모르는 것 같았던 노라가 자기만이 알고 자랑할 수 있는 어떤 비밀스러운 행위를 저질렀음이 밝혀진다. 즉 결혼 직후 헬메르는 중병에 걸렸고, 의사는 노라에게 남편의 생명을 구하는 길은 남쪽으로 가서 효과적인 요양 치료를 받는 길뿐이라고 얘기해 준다. 그러나 그녀는 전지요양(轉地療養)에 필요한 경비를 마련할 길이 없어, 결국은 전직 변호사로 고리대금업도 하고 있는 크로그스타트에게서 1천8백 달러의 돈을 빌린다. 그녀는 이 돈을 지금까지도 완전히 갚지 못하고 있다. 그러는 동안 도덕과 양심도 없는 엉터리 변호사 크로그스타트는 노라가 자기 아버지의 보증서명을 그가 죽고 난 3일 후에 위조했다는 사실을 알게 된다. 이제 은행장이 된 헬메르가 그의 은행에서 말단 직원으로 일하고 있는 크로그스타트를 그의 추잡한 과거 때문에 해고하려 하자, 크로그스타트는 노라에게 자기의 해고를 취소하도록 협조해 주지 않는다면 모든 사실을 폭로하겠다고 위협한다. 노라는 크로그스타트의 유임을 위해 끝까지 애쓰지만 결국 실패로 돌아간다. 즉 남편에게 자기가 그의 생명을 구해 줬다는 사실을 알리고 싶지 않았기 때문이다.

그녀는 모든 사실을 그대로 남편에게 고백하는 경우에는 자존심이 강한 남편 헬메르에게 엄청난 심적 고통을 안겨 주게 되리라고 생각했기 때문이다. 그러나 노라는 언제까지 이 사실을 비밀로 할 것이냐 하는 크리스티네의 물음에 이렇게 대답한다.

『아니, 어쩌면 훗날 오랜 세월이 지나 지금처럼 내가 예쁘지 않게 될 때…… 지금처럼 나를 아주 좋아하지도 않고…… 그럴 때 비장의 무엇이 있다는 건 유리할지도 모르지.』

헬메르에게 모든 사실을―노라가 범한 서명의 위조를―알리는 크로그스타트의 숙명적인 편지가 헬메르의 편지함 속에 떨어지자, 노라는 자살에 대한 생각과 어떤 기적에 대한 희망 사이에서 마음의 동요를 일으킨다. 여기서 노라가 말하는 기적이란, 그녀의 과실이 세상에 알려지면 남편이 그녀를 변호하고 나서서 그녀의 죄를 자기의 죄라고 고백하게 될 때 일어날 기적을 말하는 것이다. 그러나 그 기적은 끝내 일어나지 않는다. 오히려 이러한 기적은 엉뚱하게도 크로그스타트와 크리스티네가 극적으로 다시 결합하여 새로운 인생을 출범시킴으로써 일어나는 것이다.

결국 헬메르는 모든 사실을 알게 되어 노라에게 비난

을 퍼붓고, 지금까지 경솔하게 그녀를 믿어 왔던 자신을 한탄하며 노라를 범죄자로 취급한다. 남편을 사랑했기 때문에 빚어진 이 사건에 대해 이해심이나 한마디 감사의 말도 없다. 그의 유일한 걱정은 위협받고 있는 사회적 위신의 추락을 어떻게 모면할 수 있을까 하는 것뿐이다. 뜻하지 않게 크로그스타트의 두 번째 편지가 날아들어, 채무증서를 돌려받고 모든 문제가 깨끗이 해결되었을 때도 헬메르의 최초의 생각은 오로지 자기 신변에만 집중된다.

「나는 살았어!」 하고 외치는 자기 본위의 이기적인 남편의 모습에서 노라는 실망을 금치 못한다.

이제야 그는 노라를 용서해 주고 위로해 줄 마음의 여유가 생기며, 나약한 젊은 아내의 보호자 역할을 다시 떠맡을 마음이 생겨나는 것이다. 그러나 그의 이러한 태도는 노라로 하여금 그가 한 번도 그녀를 위해 자기의 명예를 버린 일이 없었다는 것을 확신시켜 준다. 동시에 그녀는 8년이나 되는 지금까지의 생활이 가식과 거짓 행복으로 가득 찼었음을 인식하게 되고, 자신이 남편에 대해서 하나의 장난감 내지는 인형의 존재에 지나지 않았다는 것을 절감하게 된다.

『당신은 항상 제게 친절했어요. 그러나 우리는 유희실에 지나지 않았어요. 시집오기 전엔 아버지에게서 조

그만 인형 취급을 받았고, 여기선 큰 인형으로 다루어
졌죠. 그리고 아이들은 다시 나의 인형들이 되었고, 전
당신이 저와 함께 놀아 주는 것으로 만족했어요. 아이
들이 나와 함께 놀면 만족하듯이 이게 우리들의 결혼이
었어요. 토르발트.』

　이제 그녀는 이러한 인형의 집을 벗어나 자신의 사고
와 경험을 지닌 독립된 하나의 인간이 되고자 한다. 헬
메르가 요구하는 아내와 어머니로서의 의무를 노라는
자기 자신에 대한 신성한 의무로서 거부하며, 아이들과
이젠 사랑하지 않는 남편의 곁을 떠난다.

3

　여러 가지 집중된 사건들을 종합해 볼 때, 노라가 너
무나 갑작스럽게 순진한 인형과 같은 소녀에서 성숙한
여인의 인식력을 지닌 존재로―그것도 심리적인 면에
서, 또 사회비판적인 면에서―전환된 것은 잘 이해가
가지 않지만, 결국 이 드라마의 주된 모티브는 스스로
의 결정과 책임감, 그리고 자기 의지를 통한 자아와 개
성의 인식으로 볼 수 있겠다. 아무튼 《인형의 집》이
코펜하겐, 오슬로, 뮌헨, 베를린, 빈 등 유럽 각지에서
처음으로 무대에 올려졌을 때, 이 드라마는 세인들의

관심과 논쟁을 불러일으키기에 충분했었다.

그러나 당시의 여론을 의식한 극장장의 강요에 못 이겨 드라마의 끝부분은 헬메르와 노라가 화해하여, 노라가 아이들 때문에 끝내 가정을 지키는 것으로 변경되어 상연되었다. 입센 자신은 이러한 작품의 변경을 결코 인정하지 않았고 일종의 야만적 폭력행위로 간주했었다. 이와 같이 종결부분이 행복한 결말로 끝나기를 바라는 모든 시도는, 그 후 세월이 흐름에 따라 무위로 끝나 버렸으며, 결국엔 원래의 종결장면대로 노라가 남편과 아이들을 버리고 집을 뛰어나가는 것으로 상연되었다. 입센은 바로 이 종결부분이 작품의 생명이라고 주장했었다.

≪인형의 집≫은 입센의 생존시 많은 논란의 대상이었던 여성해방 문제에 대한 가장 중요한 문학적 기여로 평가되고 있다. 이러한 사회적 논란이 작가에게 여성해방 문제를 희곡화하는 데에 직접적인 자극을 줬다고 할지라도 개성을 지닌 인간으로서의 해방을 부르짖는 노라의 주장은 비단 동성(同性)의 여성들에게만 국한된 것이 아니라 일반적인 인간의 주장으로도 이해될 수 있다. 수미일관(首尾一貫) 극의 모든 요소가 부부간의 영적이고 정신적인 관계에 집중되어 있다. 따라서 입센은 인간의 본질과 자아의 발견, 그리고 일상생활의 정확한

묘사를 위해 다양한 장면 변화와 특별한 무대 효과를 포기하였던 것이다. 그 결과 가장무도회에서 노라가 추는 타란텔라 춤도 무대에 등장하지 않고, 위층에서 들려오는 무도 음악으로서만 암시될 뿐이다. 지난 일들이 차츰 밝혀짐으로써 고조되는 긴장감과 고전극의 기본인, 세 가지 통일의 원칙(시간·장소·줄거리의 통일)이 드라마의 폐쇄적 구성을 낳게 한 이유이기도 하다.

입센의 극작 방식은 흔히 광부의 태도와도 같다고 한다. 그는 망치를 갖고 바위를 두드리고 점점 깊이 인생의 어려운 문제들을 꿰뚫는다. 그가 어떤 특정한 주제를 가지고 서술하는 경우, 한 작품에서 끝나 버리는 일이 없고 다른 작품에서 또 다른 각도로 그 문제에 접근을 시도하는 것이다. 이런 의미에서 ≪청춘동맹≫ ≪사회의 지주≫ ≪인형의 집≫ ≪유령≫ 등은 상호보완적인 관련을 지니고 있는 작품들이라 할 수 있겠다.

여하튼 ≪브란드≫와 ≪페어귄트≫가 스칸디나비아에서 입센의 필명을 떨치게 했다면, 이 ≪인형의 집≫은 세계의 구석구석에 그의 명성을 높이게 했다고 볼 수 있다. 여주인공 노라는 오늘날에도 많은 여배우들이 가장 동경하는 역할이며, 또한 그들에 의해 계속 형상화되고 있다.

끝으로 이 번역의 텍스트로는 1973년 독일 슈투트가

르트의 레크람 출판사에서 리하르트 린더의 번역으로
출판된 ≪노라 또는 인형의 집(Nora oder Ein
Puppenheim)≫을 사용하였다.

옮긴이

⊠ 인형의 집
차 례

■ 장소와 나오는 사람들

◆ 장 소

헬메르의 집

◆ 나오는 사람들

토르발트 헬메르	변호사
노라	그의 아내
엠미	
봅	그들의 아이들
이바르	
랑크	의사
린데	부인
크로그스타트	변호사
안네 마리	헬메르의 집 보모
헬레네	헬메르의 집 하녀
	그 밖의 하인들

제 1 막

아늑하고 품위 있는, 호사스럽지 않게 꾸며진 방이
다. 뒷면 오른쪽 문은 곁방으로 통하고 왼쪽 문은 헬
메르의 서재로 나 있다. 이 두 문 사이에 피아노가 있
다. 왼쪽 벽 한가운데 역시 문이 있고 좀더 앞쪽으로
창문이 하나 있으며, 창문 가까이에 안락의자와 조그
만 소파, 그리고 둥근 테이블이 있다. 안측 오른쪽 측
면 벽에 문이 있고, 그 앞에 몇 개의 안락의자와 함께
질그릇으로 만든 난로가 있다. 그 앞에 흔들의자가 하
나 있고 난로와 곁문 사이에 조그만 탁자가 있으며,
벽엔 동판화들이 걸려 있다. 도자기와 조그만 골동품
들이 놓인 시렁이 하나 있고, 조그만 책장에는 화려한
장정의 책들이 꽂혀 있다. 마루엔 양탄자가 깔려 있고
난로에선 불이 타오르고 있다. 때는 겨울이다.

제 1 장

노라, 심부름꾼, 헬레네, 그리고 헬메르.

현관에서 초인종 소리가 난다. 조금 후에 문이 열리는 소리가 들리고 노라가 기분이 좋은 듯 흥얼거리며 방안으로 들어온다. 그녀는 외투를 입은 채 아주 많은 물건 꾸러미들을 오른쪽 테이블 위에 내려놓는다. 들어오면서 현관으로 향한 문을 그대로 열어 두었기 때문에, 밖에 크리스마스 트리와 광주리를 갖고 있는 심부름꾼이 보인다. 그는 그것들을 문을 열어 준 하녀에게 건네준다.

노 라 크리스마스 트리를 잘 감춰 둬요, 헬레네. 애들에겐 오늘 저녁 트리에 장식이 끝난 다음에 보여야 해요. (지갑을 꺼내며 심부름꾼에게) 얼마죠?

심부름꾼 50페니입니다.

노 라 자, 1마르크예요……. 아니, 나머진 그냥 두세
      요. (심부름꾼은 고맙다고 인사를 하고 나간다. 노라,
      문을 닫는다. 그녀는 외투를 벗으며 혼자 좋아서 싱긋
      웃는다)

노 라 (주머니에서 마카로니 한 봉지를 꺼내서 몇 개를 먹는
      다. 그리고선 조심스럽게 남편의 서재로 통하는 문앞으
      로 가서 귀를 기울인다) 그래, 집에 계시는구나.

            오른쪽 테이블 앞으로 가면서 다시 흥얼거린다.

헬메르 (자기 방에서) 밖에서 지저귀는 것이 나의 종달
      새인가?

노 라 (물건 꾸러미들을 이것저것 열어젖히며) 그래요.

헬메르 거기서 시끄럽게 구는 것이 다람쥐 새끼ㄴ가?

노 라 네!

헬메르 언제 집에 돌아왔소?

노 라 이제 방금요. (마카로니 봉지를 주머니에 쑤셔넣고
      입을 닦는다) 토르발트, 이리 와서 내가 뭘 샀는
      지 보세요.

헬메르 성가시게 굴지 말아요! (조금 후 문을 열고, 펜을
      손에 쥔 채 들여다본다) 뭘, 샀다고? 아니, 그걸
      모두? 이 주책없는 사람이 또 돈을 마구 써 버
      린 모양이군?

노 라 네, 하지만 토르발트, 올해는 정말 그렇게 인
색하게 지낼 필요가 없어요. 이번이야말로 우리
가 절약하지 않아도 되는 첫 크리스마스가 아니
겠어요?

헬메르 그렇긴 하지만, 낭비를 해서야 되겠소?

노 라 아녜요, 토르발트. 이제 약간의 낭비는 괜찮잖
아요? 아주 조금은요. 이제 당신은 아주 많은
봉급을 받고, 돈을 많이많이 벌게 될 테니까요.

헬메르 그래요, 새해부터. 그러나 봉급을 받을 때까진
아직 3개월이나 남았소.

노 라 아, 그건 그때까지 빌려 쓸 수도 있어요.

헬메르 노라, (그녀에게 다가가서 장난치듯 귀를 잡는다)
당신의 그 경솔한 생각은 언제나 마찬가지군.
내가 오늘 천 마르크를 빌렸다고 가정해 봐요.
그래서 당신이 그 돈을 크리스마스 주일에 모두
다 써 버린 다음, 내가 섣달 그믐날 기왓장을
머리에 맞고 저기 누워 있다면…….

노 라 (그의 입에 손을 가져가며) 아 그만! 어쩌면 그런
끔찍스러운 애길 할 수 있어요!

헬메르 이를테면 말이오, 그런 일이 일어날 때 어떻게
하겠소?

노 라 만일 그런 불행한 일이 일어난다면, 제게 빚이

있건 없건, 그거완 아무 상관없는 일이에요.

헬메르 그러나 내게 돈을 빌려 준 사람들은?

노 라 그 사람들요? 그게 무슨 상관이에요. 다 남들 인 걸요.

헬메르 노라, 노라. 여자가 그런 말을 입에 담다니! 안돼요. 한 번 진지하게 생각해 봐요. 노라, 내 가 이 문제를 어떻게 생각하는지 당신도 잘 알 지 않소. 빚을 지지 맙시다! 결코 돈을 꾸지 맙 시다! 빚이 쌓이면 반드시 집안에 부자유스럽고 불미스러운 일이 일어나는 법이오. 오늘까지 우 린 용감하게 견뎌냈소. 아직 당분간은 계속 그 렇게 해야 할 거요.

노 라 (난롯가로 간다) 네, 네, 당신의 뜻이 그렇다면, 토르발트.

헬메르 (그녀의 뒤를 따르며) 자, 기운을 내요. 그렇다고 우리 종달새가 금방 풀이 죽어서야 쓰나. 저런, 입을 삐죽거리고, 우리 아기 다람쥐가……. (지 갑을 꺼낸다) 노라, 이 지갑 속에 뭐가 들어있다 고 생각해?

노 라 (재빨리 돌아선다) 돈이죠!

헬메르 자! (몇 장의 지폐를 준다) 하긴 나도 잘 알고 있소. 크리스마스 땐 집안에 필요한 것들이 많다는 것을.

노 라 (돈을 센다) 열—, 스물—, 서른—, 마흔— 정말 고마워요, 토르발트. 이 돈이면 오랫동안 도움이 되겠어요.

헬메르 나도 정말 그랬으면 좋겠소.

노 라 네, 정말 오랫동안요. 자 이제 오셔서 내가 산 물건들을 좀 보세요. 그리고 얼마나 값이 싼 물건들인가를! 자 여기 이바르에게 줄 새옷들이 있어요, 그리고 장난감 칼도. 이건 봅에게 줄 망아지와 나팔이에요. 그리고 여기에 또 엠미에게 줄 인형과 침대도 있어요. 별것은 아니지만 아마 곧 망가트릴 거예요. 그리고 이건 하녀들에게 줄 옷감과 수건들이에요. 나이 많은 우리 안네 마리이에겐 사실은 이보다 훨씬 더 많이 줘야 해요.

헬메르 그런데 그 상자 속에 뭐가 있소?

노 라 (큰소리로) 아녜요, 토르발트, 오늘 저녁에 보여 드리겠어요.

헬메르 아 그래. 그러면 이제, 이 돈 잘 쓰는 사람, 당신 자신은 뭘 갖고 싶었는지 얘기해 봐요.

노 라 흥, 저말이에요? 전 아무것도 갖고 싶은 게 없어요.

헬메르　아마 당신도 어떤 소망이 있을걸. 자, 당신이 갖고 싶은 적당한 것을 얘기해 봐요.

노　라　아녜요, 전 정말 아무것도 없어요. 꼭 그러시다면 들어보세요, 토르발트.

헬메르　뭐지?

노　라　(남편의 얼굴은 보지 않고 초조하게 그의 양복 단추를 만지작거린다) 당신이 뭔가 제게 선물하고 싶다면, 당신은, 당신은…….

헬메르　자, 자, 어서 말해 봐요.

노　라　(재빨리) 돈을 주세요, 토르발트. 당신에게 없어도 좋을 만큼의 돈을. 그러면 나중에 그 돈으로 제게 필요한 것을 사겠어요.

헬메르　아니, 노라…….

노　라　어서 주세요. 사랑하는 토르발트. 제 부탁은 바로 그거예요. 전 그 돈을 예쁜 금박 포장지에 싸서 크리스마스 트리에 걸어 놓겠어요. 재미있지 않겠어요?

헬메르　모든 것을 낭비해 버리는 새들을 뭐라고 하지?

노　라　네, 네, 주책없는 방울새라고 하지요. 전 벌써 알고 있어요. 제발 그렇게 해주세요, 토르발트. 그러면 내게 무엇이 가장 필요한가를 한 번 생

각해 보겠어요. 아주 현명한 생각이지요? 어때
요?

헬메르 (미소를 지으며) 그래요. 당신이 내가 주는 돈을
잘 간직했다가 정말 당신에게 필요한 것을 산다
면 말이오. 그러나 그 돈이 모두 살림살이에 쓰
여지고, 또 여러 가지 필요 없는 물건들을 사는
데에 쓰여진다면, 결국은 내가 또 돈을 내놓아
야 된단 말이오.

노 라 하지만, 토르발트.

헬메르 내 귀여운 노라. 그건 부인할 수 없소. (그녀를
껴안는다) 나의 방울새는 이 세상에서 가장 귀여
운 존재이긴 하지만, 너무 많은 돈을 요구해.
이 조그만 새가 그토록 비싼 존재인지 정말 믿
을 수 없어.

노 라 피, 어떻게 그런 말씀을 하세요? 전 정말, 제
가 할 수 있는 한 절약하고 있어요.

헬메르 (웃으며) 그래, 그건 사실이오. 당신이 할 수
있는 만큼은, 하지만 당신은 지금 그걸 할 수
없단 말이오.

노 라 (흥얼거리며, 마음속으로 기뻐 미소 짓는다) 흥, 당
신은 우리 종달새들이나 다람쥐들이 얼마나 많
은 지출이 필요한가를 아셔야 해요.

헬메르   당신은 정말 이상한 여자야. 꼭 당신 아버지
         같단 말이야. 돈을 얻으려고 언제나 그렇게 애
         를 쓰다가, 돈을 손에 넣게 되면 금방 당신 손
         가락 사이에서 녹아 없어져 버리거든. 어디로
         흘러가 버렸는지도 모르고. 아무튼 당신은 이해
         하기 어려운 사람이야. 그건 혈통이야. 그래 노
         라, 그건 유전인 모양이야.
노 라   아, 아빠의 성격을 더 많이 물려받았더라면.
헬메르   그렇지만 지금과 전혀 다른 당신을 원하지는
         않아, 이 귀여운 작은 종달새. 그런데 이것 봐
         요. 어째 이상한 생각이 드는데. 당신이 오늘
         은…… 뭐라 그럴까, 수상쩍게 보인단 말야.
노 라   정말이에요?
헬메르   그래, 정말이오. 내 눈을 똑바로 봐요.
노 라   (그를 바라본다) 자?
헬메르   (손가락으로 위협한다) 이 장난꾸러기가 오늘 시
         내에서 군것질이나 하지 않았는지?
노 라   아녜요. 어떻게 그런 생각을 하세요?
헬메르   이 군것질쟁이가 정말 제과점에 들르지 않았
         단 말이지?
노 라   아녜요, 약속해요, 토르발트.
헬메르   설탕절임 같은 것도 먹지 않았고?

노 라 아녜요, 정말 먹지 않았어요.

헬메르 마카로니 한두 봉지는 잡수셨을 텐데?

노 라 아녜요, 토르발트, 정말.

헬메르 그래, 그래, 알았소. 물론 농담으로 그런 것뿐이오.

노 라 (오른쪽 테이블 앞으로 간다) 어떻게 감히 당신의 뜻에 어긋나는 짓을 할 수 있겠어요.

헬메르 나도 그건 잘 알고 있소. 그리고 당신이 분명히 나에게 약속했었으니까. (그녀에게로 걸어간다) 자, 당신의 조그만 크리스마스 비밀을 혼자 잘 간직해 두오. 나의 귀여운 노라, 오늘 저녁 크리스마스 트리에 불이 켜지면 다 알게 될 테니까.

노 라 랑크 의사를 초대하는 것, 생각해 보셨어요?

헬메르 아니, 그럴 필요가 전혀 없소. 그 양반이 식사 때 우리 집에 오는 것은 너무나 당연한 일이오. 그렇지만 그분이 오늘 오전에 여기 들르면 다시 정식으로 초대하겠소. 좋은 술도 주문했으니까. 노라, 내가 오늘 저녁을 얼마나 기대하고 있는지 당신은 모를 거요.

노 라 저도 그래요. 그리고 또 애들은 얼마나 기뻐할까요, 토르발트!

헬메르   아, 내가 확실하고 안전한 직장을 갖게 됐다니, 정말 유쾌한 기분이 드는군. 그리고 이제 생활도 풍족해질 테고. 생각만 해도 즐겁지 않소?

노 라   네, 정말 멋있어요.

헬메르   1년 전 크리스마스가 기억 나오? 그때 3주일 전부터 당신은 매일 저녁 밤 늦게까지 틀어박혀, 우릴 깜짝 놀라게 해 줄 생각으로, 크리스마스 트리에 달 꽃과 다른 여러 가지 훌륭한 물건들을 장식했었지. 휴, 그때가 내가 체험한 중에서 가장 지루하게 느껴진 때였어.

노 라   전 조금도 지루하지 않았어요.

헬메르   (웃으며) 그러나 결과는 별로 만족한 것이 되지 못했지, 노라.

노 라   또 그 얘기로 절 놀리시려는 거예요? 그놈의 고양이가 살그머니 들어와서 모든 걸 갈기갈기 찢어 놓았는데 전들 어쩔 수 있었겠어요.

헬메르   그렇지, 당신도 별도리가 없었지, 가엾은 노라. 당신은 우리 모두를 즐겁게 해주려는 아름다운 소망을 갖고 있었어. 바로 그게 중요한 거야……. 아무튼 이제 그 가난한 시절이 지나갔으니 정말 다행한 일이야.

노 라 네, 정말 꿈만 같아요.

헬메르 이제 난 더 이상 여기 혼자 앉아 지리하게 시
간을 보낼 필요가 없고, 당신도 두 눈과 가냘픈
손을 더 이상 피로하게 하지 않아도 될 테
고…….

노 라 (손뼉을 친다) 네, 정말 그래요, 토르발트. 이제
부턴 그럴 필요가 없죠? 그런 얘기는 듣기만 해
도 기뻐요! (남편을 껴안는다) 이제 앞으로의 생활
에 대해 당신께 말씀 드리고 싶어요, 토르발트.
크리스마스가 지나면,(현관에서 초인종 소리가 난다)
아, 초인종이 울리는군요. (대강 방을 치운다) 손
님이 왔나 봐요, 하필이면 이때.

헬메르 난 오늘 손님을 맞지 않겠소, 잊지 말아요.

제 2 장

앞 장면의 사람들, 헬레네.

헬레네　(문 안에서 노라에게) 마님, 낯선 부인이 찾아오
　　셨습니다.

노 라　들어오시도록 해요

헬레네　(헬메르에게) 그리고 의사 선생님도 오셨습니
　　다.

헬메르　바로 내 방으로 가셨나?

헬레네　네. (헬메르 자기 방으로 간다. 헬레네, 여행복 차림
　　의 린데 부인을 안으로 안내하고 문을 닫는다)

제 3 장

노라, 린데 부인.

린데 부인 (수줍어하며, 그리고 다소 주저하면서) 안녕, 노
　　　라.

노　라 (어리둥절한 모습으로) 어서 오세요…….

린데 부인 날 못 알아보는군.

노　라 글쎄, 잘 모르겠는데. 아니……, 그리고 보니
　　　(갑자기 생각난 듯) 어쩌면? 크리스티네! 그렇지?

린데 부인 그래, 바로 나야.

노　라 크리스티네, 내가 널 못 알아봤다니! 정말 몰
　　　라보겠는데. (낮은 소리로) 어쩌면 그렇게 변해
　　　버렸어, 크리스티네.

린데 부인 물론, 많이 변했지. 9년인가 10년 만인데.

노　라 우리가 서로 만나지 못한 지가 벌써 그렇게
　　　되었나? 그러니 그럴 법도 하지. 오, 지난 8년
　　　간은 내겐 정말 행복한 시절이었어. 그런데 지

금 시내로 들어온 거니? 넌 한겨울에 오랜 여행
을 했었지. 정말 대단한 일이야.

린데 부인 바로 오늘 아침 기선으로 여기 도착했어.

노 라 물론 크리스마스 주일을 즐기려고 온 거겠지.
아, 정말 멋있어. 그래 우리 즐겁게 지내 보자
구. 자, 옷이나 좀 벗어. 춥지는 않니? (옷 벗는
것을 도와 준다)

자 훈훈한 난롯가에 앉아 봐. 아니, 저기 안락
의자에. 여기 흔들의자엔 내가 앉을게. (크리스티네
의 손을 붙잡는다) 그래, 이제 너의 옛날 얼굴을 다
시 알아보겠어. 처음 보는 순간엔 정말……. 얼굴
이 좀 창백해졌구나, 크리스티네. 얼굴이 좀 여윈
것 같기도 하고.

린데 부인 그리고 많이 늙었지, 노라?

노 라 그래, 약간 늙은 것 같아, 아주 조금. 많이 늙
지는 않았어.

(갑자기 말을 멈춘다. 진지하게)

어쩌면 내가 이렇게 분별이 없지. 이렇게 앉아
재잘거리다니. 착한 우리 크리스티네, 날 용서해
주겠니?

린데 부인 무슨 얘기야, 노라?

노 라 (낮은 목소리로) 가엾은 크리스티네, 과부가 되
었다지?

린데 부인 그래. 3년 전에.

노 라 아, 나도 잘 알고 있었어. 신문에서 읽었지.
　　　　믿어 줘, 크리스티네. 그때 난 몇 번이고 네게
　　　　편질 쓰려고 했었어. 그러나 미루곤 하다가 또
　　　　다른 일이 생기곤 해서 그만…….

린데 부인 그래, 잘 알아, 노라.

노 라 아니야, 크리스티네. 내가 정말 나빴어! 아,
　　　　가엾은 크리스티네. 얼마나 고생이 많았니…….
　　　　그리고 그분은 네가 살아갈 수 있도록 남긴 것
　　　　이 아무것도 없었다지?

린데 부인 그래.

노 라 애들도?

린데 부인 없었어.

노 라 정말 아무것도 남기지 않았구나?

린데 부인 나를 괴롭게 하는 슬픔이나 고통스러움, 그
　　　　리움 같은 것도 없었어.

노 라 (믿어지지 않는 듯 그녀를 바라본다) 하지만 크리
　　　　스티네, 어쩌면 그럴 수가 있니?

린데 부인 (슬픈 미소를 지으며 자기의 머리를 쓸어올린다)
　　　　아, 이따금 생각날 때도 있지, 노라.

노 라 그러니까 완전히 홀몸이군……. 얼마나 외롭고
　　　　고생스러울까. 난 귀여운 세 아이가 있어. 지금

은 보여줄 수 없지만 보모와 함께 밖에 나가 있
어. 이제 나에게 모든 걸 얘기해 줘.

린데 부인　아니 아니, 아니야. 오히려 네가 얘기하렴.

노　라　아니야, 네가 시작해야 해. 난 오늘만은 이기
적이고 싶지 않아. 오늘은 너만 생각할 테야.
그러나 한 가지만은 얘기해 줘야겠어. 요즈음
우리에게 커다란 행운이 찾아왔다는 걸 알고 있
니?

린데 부인　아니, 그게 뭔데?

노　라　잘 들어. 내 남편이 주식은행, 은행장이 되었
단 말이야.

린데부인　네 남편이? 아, 그건 정말 굉장한…….

노　라　굉장한 행운이지, 그렇지? 변호사 직으로만
생활한다는 것은 정말 불안해. 특히 깨끗하고
마음에 드는 것 이외의 다른 사업에 종사하기
싫어한다면 더욱 그렇지. 물론 토르발트는 결코
그런 일을 하려 하지 않았어. 그 점에선 나도
동감이지만, 아, 우린 정말 기쁘단다. 이제 새해
가 되면 그 양반은 은행의 새 직위에 취임할 테
고, 그러면 굉장한 봉급과 많은 이익배당을 받
을 거야. 앞으로는 지금까지와 전혀 다른 생활
을 영위할 수 있을 거야. 그야말로 우리에게 어

울리는 생활을. 오, 크리스티네, 지금 내 기분은 정말 날아갈 듯 행복해. 그렇게 많은 돈을 갖고서 걱정 없는 생활을 한다는 것은 정말 멋있는 일이지. 그렇지 않아?

린데 부인 그래, 아무튼 필요한 돈을 갖는다는 것은 좋은 일이야.

노 라 아니야. 단지 필요한 만큼의 돈이 아니라 많은, 아주 많은 돈이야.

린데 부인 (웃으며) 노라, 노라, 넌 여전히 어린애처럼 분별이 없구나. 넌 기숙사 시절에도 대단한 낭비가였었지.

노 라 (조용히 미소 짓는다) 그래, 토르발트도 지금까지 그렇게 말했어.

　(손가락으로 위협하는 시늉을 한다) 그러나 노라, 노라는 너희들의 생각처럼 그렇게 철없는 여자는 아니야. 오, 우린 정말, 내가 낭비할 수 있을 만큼 그렇게 좋은 형편은 아니었어. 우린 둘 다 일을 해야 했었지.

린데 부인 너도?

노 라 그래, 간단한 수공 일이지. 자수나 뜨개질, 뭐 그런 일들이었어. (가볍게) 그리고 또 다른 일도. 넌 알고 있지? 우리가 결혼했을 때 토르발트가 정부 관리직을 그만둔 것을? 그 양반이 소속된 과(課)에선 승진전망이 없었던 거야. 게다가 이전보다 더 많은 돈을 벌어야 했고. 그러나 그 양반은 첫해에 너무 무리를 했어. 너도 상상할 수 있을 거야. 그는 부수입이 생기는 일이라면 뭐든지 해야 했고, 아침부터 늦게까지 일하지 않으면 안 되었으니까. 그러나 그이에겐 무리였어. 그래서 결국 병이 났지, 그것도 중병이었어. 의사들은 그이가 남쪽으로 가서 휴양하는 것이 필요하다고 얘기했어.

린데 부인   그래, 너희 부부는 일 년 동안 이탈리아에 머물렀었지?

노   라   응. 여행을 떠나는 것이 쉽지 않았어. 이바르가 그때 막 태어났거든. 하지만 우린 떠나야 했어. 아, 정말 꿈 같은 여행이었지! 그리고 그 여행이 토르발트의 생명을 구했단 말이야. 하지만 엄청나게 많은 돈이 들었어, 크리스티네.

린데 부인   쉽게 상상할 수 있어.

노   라   1천8백 달러, 5천4백 마르크. 그건 엄청난 돈이야.

린데 부인   그래도 그런 경우, 그만한 돈을 지니고 있다는 게 커다란 행운이야.

노 　라 물론이지. 우린 아버지에게서 그 돈을 얻었어.

린데 부인 아 그래. 아마 너의 아버지께선 바로 그 당
　　　　　시 돌아가셨지?

노 　라 응, 크리스티네. 바로 그때야. 그런데 이봐,
　　　　난 아버지 간호도 못해 드렸어. 난 매일같이 이
　　　　바르가 태어나기를 기다리고 있었으니까. 게다
　　　　가 또 남편은 중병에 걸렸고, 인자하신 우리 아
　　　　빠! 난 그 후로 다시는 아버지를 보지 못했단
　　　　다. 크리스티네, 아, 그때가 결혼 후 가장 괴로
　　　　웠던 때였어.

린데 부인 난 네가 아버지를 몹시 좋아했었다는 것을
　　　　　잘 알지. 그래서 그 후에 이탈리아로 갔었니?

노 　라 그래, 4주 후에. 그때 우린 돈이 있었어. 그리
　　　　고 의사들이 몹시 재촉했고.

린데 부인 그래서 네 남편은 완전히 회복되어 돌아왔
　　　　　니?

노 　라 펄쩍 뛰는 물고기처럼 건강하게!

린데 부인 그런데, 그 의사는?

노 　라 뭐라구?

린데 부인 조금 전 하녀가 왜 그러지 않았어, 나와 함
　　　　　께 들어온 그분이 의사라고?

노 　라 응, 그분은 랑크 의사야. 그러나 여기 왕진 온

게 아니야. 그분은 우리 집안의 가장 친한 친구
로, 매일 적어도 한 번쯤은 우리 집에 들르지.
토르발트는 그 후 단 한 시간도 앓아 누운 일이
없어. 그리고 애들도 씩씩하고 건강하지. 나도
마찬가지고. (펄쩍 뛰며 손뼉을 친다)

아, 주여. 아, 주여. 크리스티네, 산다는 것, 그
리고 행복하다는 것은 정말 아름다운 일이야. 아,
그러고 보니 내가 정말 몹쓸 사람이구나! 내 애기
만 늘어 놓다니. (크리스티네 바로 가까이 있는 의자
에 걸터앉으며 그녀의 무릎에 손을 놓는다) 그렇다고
내게 화를 내선 안 돼! 네가 네 남편을 사랑하지
않았다는 게 정말이니? 그런데 왜 그 사람과 결혼
했지?

린데 부인 어머니가 아직 살아 계실 때였어. 어머닌
병이 들어 꼼짝못하고 누워 있었지. 그러니 내
가 두 동생들을 돌봐야 하지 않았겠니. 그래서
그 사람의 청혼을 받아들이는 게 내 의무라고
생각했어.

노 라 그래 그래, 그 점에선 네가 옳았어. 그 사람
그때 부자였었니?

린데 부인 꽤 부유했던 것 같았어. 그러나 하는 사업
들이 모두 불안했었어. 그 사람이 죽었을 땐,
모든 게 파멸이었어. 남은 것이라곤 아무것도

없었고.

노 라 그리고선……?

린데 부인 응, 그러자 내 자신이 어떻게 생계를 꾸려
　　　　나가야 했지. 조그마한 상점 하나하고, 조그만
　　　　학교, 그리고 그밖에 남아 있었던 것하고서. 최
　　　　근 삼 년은 나에게 그야말로 지루하고 고된 하
　　　　루하루였었어. 이제 끝이 났지만 말이야, 노라.
　　　　어머닌 돌아가셨으니까 더 이상 내가 필요하지
　　　　않으시고. 그리고 동생들도 이젠 직장을 얻어
　　　　스스로의 생활을 꾸려 나갈 수 있으니까.

노 라 이제 한시름 놓은 기분이겠구나…….

린데 부인 아니야, 노라. 이루 말할 수 없이 공허한
　　　　기분이야. 자기의 생을 바칠 수 있는 사람이 아
　　　　무도 없다는 것이! (불안한 듯 일어선다) 때문에
　　　　난 그 조그만 지방에서 더 이상 견뎌 낼 수 없
　　　　었던 거야. 여기서 시간과 정열을 쏟고, 생각을
　　　　몰두시킬 어떤 일을 발견한다면 훨씬 기분이 나
　　　　아질 텐데. 내가 운이 좋아서 확실한 직장을 찾
　　　　을 수 있다면, 이를테면 사무직원 같은…….

노 라 하지만 크리스티네, 그건 정말 힘든 일이야.
　　　　넌 몹시 쇠약해 보여! 온천으로 여행이라도 한
　　　　다면 훨씬 좋을 텐데.

린데 부인 (창가로 간다) 내겐 여행비를 주실 아빠가
　　　　안 계셔, 노라.

노　라 (일어선다) 오, 날 나쁘게 생각하지 마.

린데 부인 (그녀와 마주서며) 아니야, 내가 용서를 빌어
　　　　야겠어. 다정한 노라. 나와 같은 처지에서 가장
　　　　좋지 못한 것은 현재의 내 처지를 더욱 쓰라리
　　　　게 하는 거야. 즉 누군가를 위해 일할 수 있는
　　　　대상이 없다는 거지. 그렇지만 인간은 언제나
　　　　열심히 일하지 않으면 살 수 없으니. 아무튼 사
　　　　람은 살고 봐야지. 그러니 이기적이 될 수밖에.
　　　　네가 행복한 생활의 변화에 대해 얘기했을
　　　　때…… 내 말을 알아듣겠니? 난 너보다 내 자신
　　　　을 위해 더욱 기뻐했단다.

노　라 어째서? 아, 알겠어. 토르발트가 어쩌면 널 위
　　　　해 무슨 일을 해 줄 수도 있단 말이지?

린데 부인 그래, 그렇게 생각했어.

노　라 그이도 힘써 줄 거야, 크리스티네. 그건 나에
　　　　게 맡겨, 아주 잘 해결해 줄 테니까. 아주 훌륭
　　　　한 일자리를 찾아볼 테니까. 그러면 그이도 찬
　　　　성할 거야. 오, 네게 도움이 될 수 있는 일을
　　　　해 줄 수 있다면!

린데 부인 그렇게 열성적으로 날 생각해 주다니. 넌

정말 친절하구나, 노라. 인생의 어려움이나 고통을 잘 모르는 네가 그렇게 이해해 주다니, 정말 고맙구나.

노　라　내가……? 내가 잘 모른다고?

린데 부인　(웃으며) 이 귀여운 것, 간단한 수공일을 조금 했다고. 넌 아직 어린애야, 노라.

노　라　(고개를 떨구고 방안을 왔다갔다한다) 그런 우월감을 갖고 얘기하지 마.

린데 부인　그래?

노　라　넌 다른 사람들과 꼭 마찬가지야. 너희들은 내가 정말 진지한 일 같은 것을 할 수 없다고 생각하지?

린데 부인　글쎄, 글쎄…….

노　라　이 험한 세상에서 아무 일도 겪지 않았더라면…….

린데 부인　이봐 노라, 넌 나에게 너의 모든 불운을 얘기해 줬어.

노　라　흥, 사소한 것들이야. (낮은 소리로) 정말 커다란 불운은 얘기하지 않았어.

린데 부인　어떤 커다란 불운인데? 뭘 얘기하려는 거야?

노　라　넌 날 경시하고 있지, 크리스티네? 사람이 그

래선 안 돼. 넌 아주 어렵게, 그리고 오랫동안 네 어머니를 위해 일한 것을 자랑으로 생각하고 있지?

린데 부인 난 정말 아무도 얕잡아 보지 않아. 그러나 이것만은 사실이야. 내가 어머니에게 아무 걱정 없는 만년(晩年)을 안겨 줄 수 있었다는 것이 자랑스럽고 기뻐.

노 라 그리고 동생들을 위해 한 일도 자랑으로 생각하고 있지?

린데 부인 난 당연히 그럴 자격이 있다고 생각해.

노 라 나 역시 그렇게 생각해. 그러나 나도 네게 한 가지 얘기하고 싶은 게 있어, 크리스티네. 내게도 자랑할 만하고 기뻐할 수 있는 일이 있어.

린데 부인 물론 그런 일이 있겠지. 하지만 대체 무슨 얘길 하려는 거야?

노 라 큰소리로 얘기하지 마. 토르발트가 듣지 않도록 조심해. 결코 그 양반이 들어서는 안 돼. 아무도 그걸 알아선 안 돼, 크리스티네. 너밖에는 아무도.

린데 부인 대체 뭔데?

노 라 이리 가까이 와. (그녀를 자기 옆 소파로 끌어당긴다) 그래 이봐, 나도 자랑하고 기뻐할 수 있는

일이 있단 말이야. 토르발트의 생명을 구한 사
람은 바로 나야.

린데 부인 생명을 구했다고? 어떻게?

노 라 네게 우리들의 이탈리아 여행에 대해 얘기했
지. 그 여행이 아니었더라면, 토르발트는 벌써
죽었을 거야.

린데 부인 글쎄, 네 아버지가 필요한 돈을 주었다고?

노 라 (웃는다) 그래, 토르발트뿐 아니라 다른 모든
사람들도 그렇게 믿고 있어. 하지만…….

린데 부인 하지만……?

노 라 아빠 한 푼도 주지 않았어. 돈을 마련한 사람
은 바로 나였어.

린데 부인 네가? 그 많은 돈을 모두?

노 라 1천8백 달러, 5천4백 마르크야. 어떻게 생각
해?

린데 부인 그렇지만 노라. 대체 어떻게 그 돈을 구할
수 있었지? 복권에라도 당첨되었니?

노 라 (경멸하는 듯한 태도로) 복권에? (부인하는 모습을
취한다) 그게 얼마나 어려운 일인데?

린데 부인 그러면 어디서 마련했단 말이야?

노 라 (흥얼거리며 혼자 만족한 듯 미소 짓는다) 흠, 랄라
랄라…….

린데 부인 네가 그 돈을 빌릴 수는 없었을 테고.

노 라 그래? 왜 못 빌리지?

린데 부인 안 되지, 아내는 남편의 동의 없이는 돈을
         차용할 수 없거든.

노 라 (고개를 뒤로 젖힌다)

         오, 사업에 약간의 상식이 있고 조금은 현명하
      게 처세할 줄 아는 여자라면…….

린데 부인 그러나 노라. 난 이해할 수 없어.

노 라 몰라도 돼. 내가 돈을 빌렸다고 얘기하지 않았
      어. 다른 방법으로도 얻을 수 있었으니까. (소파
      에 몸을 던진다)

         그래 나는 이 사람, 저 사람, 나를 좋아하는 사
      람들에게서 돈을 얻을 수도 있었을 거야. 나처럼
      제법 잘 생긴 여자라면…….

린데 부인 너 미쳤구나.

노 라 이제 정말 호기심이 동하는 모양이구나, 크리
      스티네.

린데 부인 이것 봐, 노라— 그렇다고 분별없는 짓은
         하지 않았겠지?

노 라 (다시 바로 앉는다) 자기 남편의 생명을 구하는
      일이 분별없는 짓이니?

린데 부인 네가 남편 모르게 그렇게 한 것은 잘못된

일이라고 생각해.

노 라 그러나 그인 아무것도 모르는 게 좋았어. 원,
무슨 말인지 모르겠니? 그인 자기의 상태가 얼
마나 나쁜지를 모르는 게 좋았단 말이야. 의사
들도 내게만 그의 생명이 위험하다고 말해 줬
어. 즉 남쪽에 가서 휴양하는 것 외에는 다른
방도가 없다는 거야. 그래서 우선 다른 방법으
로 그 여행을 추진하려고 했었어. 난 그이에게
나도 다른 젊은 여자들처럼 외국으로 여행할 수
있다면 너무나 좋겠다고 얘기했지. 난 울면서
간청했단다. 내가 어떤 상황에 처해 있는지를
제발 좀 생각해 달라고 얘기했지. 그리고 나의
소원을 들어 주는 게 그의 의무라고. 그러면서
그가 대부를 받을 수 있다는 것을 암시했어. 그
러나 그인 내 말에 버럭 화를 내지 않겠니, 크
리스티네. 내가 경솔한 여자며, 나의 변덕스러
운 기분과 고집에……. 그래, 그렇게 말했던 것
같아. 따르지 않는 것이 남편으로서의 의무라면
서. 그래, 그렇지만 당신의 생명은 꼭 건져야
한다고 생각했지. 그래서 다른 방책을 강구했어.
린데 부인 그런데 남편은 그 돈이 너의 아버지에게서
나오지 않았다는 걸 모르고 있었니?

노 라 그래, 전혀 모르고 있었어. 아버지는 바로 그
무렵 돌아가셨거든. 난 아버지에게 사실을 털어
놓고, 모든 걸 비밀로 해 줄 것을 간청할 생각
이었어. 그러나 아버진 병석에 있었기 때문에
유감스럽게도 그럴 필요가 없었지.

린데 부인 나중에도 남편에게 사실을 밝히지 않았니?

노 라 원, 이런. 어떻게 그런 생각을 할 수 있니! 이
런 문제에 있어, 그렇게 엄격한 그이에게! 아무
튼 남자로서의 자부심이 강한 토르발트가 내게
빚을 지고 있다는 생각에 고통을 느끼고, 자존
심을 상했으리란 건 제쳐놓고라도 우리들 서로
의 관계는 완전히 멀어졌을 테고. 지금처럼 아
름답고 행복한 우리의 보금자리는 존재하지 않
았을 거야.

린데 부인 앞으로도 결코 얘기하지 않을 거야?

노 라 (곰곰이 생각하며 반쯤 미소를 띠고) 아니, 어쩌면
훗날 오랜 세월이 지나 지금처럼 내가 예쁘지
않게 될 때. 이런 애길 한다고 웃지 마. 물론
이런 경우에 말야. 즉 토르발트가 지금처럼 그
렇게 나를 좋아하지 않고, 내가 그이 앞에서 춤
을 추고 변장을 하거나, 또 애교 부리는 것에
흥미를 잃어버린다면 말이야. 그럴 때 비장의

무엇이 있다는 건 유리할지도 모르지.

  (갑자기 얘기를 그치며) 아, 무슨 쓸데없는 생각을! 그런 때는 절대 오지 않을 거야. 자, 넌 나의 이 커다란 비밀에 대해 어떻게 생각하니, 크리스티네? 나도 조금은 쓸모 있는 여자지? 아무튼 이 문제는 나에게 많은 근심을 안겨 줬어. 언제나 제 때에 채무를 이행한다는 것이 여간 어렵지 않았어. 왜 너도 알고 있지, 거래에는 분할불이라든지 4분기 이자가 있다는 것을. 그런데 이 돈을 마련하기가 엄청나게 힘이 든단 말이야. 그래서 난 할 수만 있다면 어디서든지 조금씩 절약하지 않으면 안 되었어. 생활비에선 아무것도 떼어 낼 수가 없었어. 토르발트는 잘 먹고 잘 지내야 했으니까. 아이들도 초라한 옷차림으로 밖에 내보낼 수가 없었지. 애들을 위해 얻는 돈은 모두 그들을 위해 써야만 했어. 그 귀여운 꼬마들!

린데 부인 그러니까 너 자신에게 필요한 것을 억제해야 했겠구나?

노 라 물론이지. 우선적으로 내 주변에서 시작했지. 토르발트가 내게 새 옷을 사입으라고 돈을 주기만 하면, 난 결코 그 절반 이상을 쓰지 않았어. 언제나 가장 검소하고 값싼 옷감들을 샀지. 모든 옷이 내게 잘 어울린다는 것이 얼마나 다행한 일이었는지. 그래서 토르발트는 전혀 눈치채지 못했지. 그러다 이따금 우울한 생각이 들 때도 있었어. 아름다운 옷을 입고 나가면 얼마나 예쁘게 보이겠니, 그렇지 않니?

린데 부인 아 물론이지.

노 라 그리고 난 또 다른 수입원이 있었어. 지난 겨울엔 운이 좋아서 아주 많은 대서(代書) 일을 맡았어. 그래서 매일 저녁 들어앉아 밤 늦게까지 글을 쓰곤 했지. 아, 때로는 너무나 피로했어! 그렇지만 그렇게 앉아 돈을 번다는 게 정말 기뻤어. 그땐 내 자신이 마치 남자와도 같이 느껴졌었지.

린데 부인 그런 식으로 대체 얼마나 빚을 갚을 수 있었니?

노 라 응, 아주 정확히는 얘기할 수 없어. 너도 알다시피 그런 거래 관계에선 깨끗이 정리한다는 게 힘든 일이야. 내가 긁어모은 모든 것을 그대로 갖다 바쳤을 뿐이야. 때로는 속수무책일 때도 있었어. (웃는다) 그럴 때면 여기 앉아서, 늙고 돈 많은 남자가 내게 반해 주었으면 하고 생각했지―.

린데 부인 뭐라고……? 어떤 남자가?

노 라 그저 그렇게 얘기해 본 것뿐이야. 그리고 그
남자가 죽어 버리면……, 그래서 그의 유언장을
개봉해 보면 거기 이렇게 적혀 있는 거야.
「나의 모든 돈을 사랑하는 노라 헬메르 부인에
게 현찰로 지불해 주시오.」

린데 부인 그런데 노라, 그 사람이 어떤 남잔데?

노 라 아이구, 무슨 말인지 못 알아 듣겠어? 세상에
그런 남자가 어디 있겠니? 돈을 어디서 마련해
야 좋을지 모를 때, 그저 생각하고 꿈을 꾸어
본 것뿐이야. 나를 위해 그런 얼빠진 늙은이가
이 세상 어딘가에 있을지도 모르지만. 그런 늙
은이든, 그의 유언장이든 이제 상관할 바 없어.
이제 나도 아무 근심 걱정이 없으니까. (펄쩍 뛰
어 일어난다) 아, 주여! 크리스티네, 근심이 없다
는 생각을 하니 정말 좋구나. 걱정이 없어. 아
주 근심이 없단 말이야! 애들과 함께 마음껏 뛰
놀 수 있고, 또 토르발트가 원하는 그대로 집안
을 아늑하고 품위 있게 만들 수도 있으니까! 그
리고 이제 맑고 푸른 대지와 함께 봄이 다시 찾
아올 테고. 그러면 또 가까운 곳으로 여행을 갈
수도 있겠지. 다시 바다를 바라볼 수 있을 거야.
아, 그래, 그래. 산다는 것, 행복하다는 것은 정

말 멋진 것이야.

현관에서 종소리가 난다.

린데 부인   (일어선다) 벨 소리가 났어, 이제 가야 할
    것 같아.
노 라   아니야, 그냥 있어. 여긴 아무도 들어오지 않
    아. 토르발트를 찾아온 손님일 거야.

제 4 장

앞 장면의 사람들, 헬레네, 크로그스타트.

헬레네 (앞방 문간에서) 저―, 마님― 어떤 분이 변호사
  님을 만나러 찾아오셨어요.

노 라 은행장님 말이지.

헬레네 네, 은행장님을요. 그런데 제가 몰라서…….
  의사 선생님이 아직 저 안에 계시기 때문에.

노 라 그분이 누구지?

크로그스타트 (곁방 문간에서) 저올시다, 사모님.

헬레네 (퇴장)

린데 부인 (깜짝 놀라 몸을 움찔한다. 창 쪽으로 몸을 돌린
  다)

노 라 (그 남자 앞으로 한 발자국 다가선다. 긴장해서 다소
  소리를 낮추며) 당신이 무슨 말씀이세요? 남편과
  무슨 말씀을 하시려는 거예요?

크로그스타트 은행 일에 관해 말씀드리자면, 전 주식

은행에서 조그만 직책을 갖고 있는 사람입니다. 댁의 바깥어른께서 우리들 상관이 된다고 해서…….

노 라 그러니까 결국은……?

크로그스타트 그저 무미건조한 사업상의 얘기죠. 사모님, 그 이상은 결코 아닙니다.

노 라 그럼, 사무실로 들어가 주시겠어요?

크로그스타트 퇴장. 노라, 앞방으로 통하는 문을 닫으며 건성으로 인사한다. 그리고선 난롯가로 가서 창 쪽을 바라본다.

제 5 장

노라, 린데 부인.

린데 부인 노라, 그 사람 누구야?

노 라 크로그스타트라는 사람이야, 전에 변호사였대.

린데 부인 그러니까 바로 그 사람이었군.

노 라 너도 그 남자를 아니?

린데 부인 몇 년 전에 그 사람을 알았었지. 우리가 살
    던 곳에 얼마 동안 변호사 시보로 있었던 사람
    이야.

노 라 그래, 맞아.

린데 부인 그 사람 어쩌면 그렇게 변했지!

노 라 결혼 생활이 퍽 불행했었나봐.

린데 부인 이제 홀아비란 말이지?

노 라 그 많은 애들과 함께. 자, 이제 불이 붙는군.
    (난로 문을 닫고 흔들의자를 약간 옆으로 밀어놓는다)

린데 부인 다들 그러는데, 그 사람, 손 안 대는 사업

    이 없다는군.

노 라 그래? 그럴지도 모르지. 난 몰랐어. 사업 얘기
　　는 하지 마. 정말 따분해.

제 6 장

앞 장면의 사람들. 랑크 의사가 헬메르의 방에서
나온다.

랑 크 (아직 문간에서) 아니, 아니야, 방해하고 싶지
않아. 차라리 자네 부인께 잠깐 들러 보지. (문
을 닫는다. 그리고 린데 부인이 있음을 안다) 아, 실례
했습니다. 여기도 제가 방해되나요?

노 라 아무튼 괜찮아요. (소개한다) 이분은 랑크 의사
선생님이시고, 여긴 린데 부인.

랑 크 아, 그러세요? 여기 이 집안에서 자주 듣던
이름이군요. 조금 전 여기 왔을 때 계단에서 제
가 앞질렀던 것 같아요.

린데 부인 예, 제가 천천히 갔었죠. 전 계단 오르는
것을 별로 좋아하지 않거든요.

랑 크 아하, 무슨 속병이라도 있으신지?

린데 부인 과로 때문이겠죠.

랑 크 그밖에 다른 이유는 없으시고요? 그렇다면 휴
       양하시러 이곳 시내로 들어오셨겠군요?

린데 부인 일자리를 찾으러 온 거예요.

랑 크 그게 과로에 대한 효과적인 처방이 될까요?

린데 부인 사람은 살아야 해요, 의사 선생님.

랑 크 그렇지요, 물론 살아야 한다는 생각은 대부분
       갖고 있죠.

노 라 하지만 의사 선생님, 선생님도 역시 잘 살고
       싶으시죠?

랑 크 물론 그렇죠. 내가 아무리 비참하다 할지라도,
       난 가능한 한 오래 내 자신을 채찍질하고 싶어
       요. 모든 나의 환자들도 같은 소망을 갖고 있어
       요. 도덕적으로 결함을 지니고 있는 사람들도
       그렇게 생각해요. 바로 이 순간 헬메르의 방안
       에 있는 저 도덕적인 불구자도…….

린데 부인 (희미하게) 아!

노 라 누구 말씀이세요?

랑 크 오, 크로그스타트라는 법률고문 말이오. 부인
       께서 전혀 모르는 사람이죠. 성격의 밑바닥까지
       썩어 버린 사람이오. 하지만 그자도 자기가 살
       아야 한다는 것에 대해 제법 진지한 얘기를 지
       껄이기 시작했소.

노 라 그래요? 도대체 토르발트와 무슨 얘길 하려고
     그럴까요?

랑 크 나도 사실은 모르겠소. 주식은행에 관한 얘기
     라는 것만 알고 있소.

노 라 전 이 크로그―, 크로그스타트라는 변호사가
     주식은행과 어떤 관계가 있다는 걸 전혀 모르고
     있었어요.

랑 크 아니죠, 그도 은행에서 어떤 직위를 갖고 있어
     요. (린데 부인에게) 부인이 사는 곳에도 이런 유
     형의 인간들이 있는지 모르겠습니다. 즉 어디가
     도덕적으로 부패했는지를 냄새 맡으며 열심히
     싸돌아다니다가 적당한 대상이 나타나면 어떤
     유리한 지위로 이끌어들이는 따위의 인간들 말
     입니다. 그러면 건강한 사람들은 그저 부러운
     듯이 바라보는 것으로 만족해야 되죠.

린데 부인 그런 환자들에게 또 간호가 가장 필요하지
     요.

랑 크 (어깨를 으쓱하며) 네, 그게 야단입니다. 바로
     이런 식의 사고방식이 사회를 병원으로 만드는
     거예요.

노 라 (혼자 생각에 잠겨 반쯤 웃음을 터뜨리고 손뼉을 친
     다)

랑 크 그 얘기에 왜 웃으시죠? 사회라는 게 뭔지 정
      말 아세요?

노 라 그, 재미도 없는 사회와 제가 무슨 상관이 있
      겠어요! 전 전혀 다른 생각을 하며 웃었어요.
      뭔가 굉장히 우스운 일 때문에…… 의사 선생
      님, 말씀해 보세요. 주식은행에 근무하는 모든
      사람들이 이제부터 토르발트의 지시를 받게 되
      나요?

랑 크 그게 그렇게도 우스운 일입니까?

노 라 (웃으며 콧노래를 부른다) 내 이 즐거움을 방해하
      지 마세요! (방안을 왔다갔다한다) 그래요, 이제
      우리가— 아니 토르발트가 많은 사람들에게 커
      다란 영향을 끼칠 수 있다는 생각이, 날 무척
      기쁘게 해요. (주머니에서 과자봉지를 꺼낸다) 선생
      님, 마카로니를 조금 드릴까요?

랑 크 아니, 마카로니라니? 그런 것은 이 집에서 금
      지된 걸로 알았는데.

노 라 네, 하지만 이건 크리스티네가 제게 선물한 거
      예요.

린데 부인 뭐? 내가?

노 라 자— 자— 자. 그렇게 놀라지 마. 토르발트가
      이걸 금지한 걸 넌 몰랐을 거야. 그러나 홍, 한

번쯤이야 상관없겠지, 그렇죠, 랑크 선생님? 자
드세요! (그의 입에 마카로니를 넣어 준다) 그리고
너도, 크리스티네. 나도 하나 먹어야지. 조그만
걸로. 아니 두 개 정도는 괜찮겠지. (다시 방안을
왔다갔다한다) 지금 난 너무너무 행복해. 그리고
난 이 세상에서 또 한 가지 정말 즐거운 일이
있어.

랑 크 글쎄, 그게 뭘까요?

노 라 말하고 싶은 게 있어요. 토르발트가 들을 수
있도록.

랑 크 그런데 왜 말하지 않죠?

노 라 해선 안 될 말이기 때문에, 그리고 아주 불쾌
하게 들려요.

린데 부인 불쾌하다니?

랑 크 그렇다면 듣지 않는 게 좋겠군. 그러나 우리에
게만은 말할 수 있을 텐데요. 도대체 헬메르 앞
에서 말하고 싶은 게 뭔지 말씀해 보세요.

노 라 전 정말 진심으로, 한 번 이렇게 소리치고 싶
어요. 제기랄, 빌어먹을.

랑 크 아니, 어떻게 그런 말을.

린데 부인 원, 이런 일이, 노라!

랑 크 자, 얘기해 보세요. 헬메르가 왔으니!

노 라 (마카로니 봉지를 감춘다) 쉿, 쉿, 쉿! (헬메르가
     팔에 외투를 들고 손엔 모자를 쥐고 그의 방에서 나온
     다)

제 7 장

앞 장면의 사람들, 헬메르.

노 라 (남편을 향해) 여보 토르발트, 그분 가셨어요?

헬메르 응, 지금 나갔어.

노 라 소개하겠어요. 조금 전 여기 도착한 크리스티
　　　네예요.

헬메르 크리스티네? 실례지만 누구신지…….

노 라 여보, 토르발트. 린데 부인, 크리스티네 린데
　　　부인이에요.

헬메르 (린데 부인에게) 아, 그러세요? 아마 제 아내의
　　　처녀 시절 친구였겠죠?

린데 부인 네, 우리 어렸을 때부터 친하게 지냈어요.

노 라 그리고 여보, 이 친구는 당신을 만나기 위해
　　　여기까지 먼 여행을 했대요.

헬메르 날 만나기 위해서?

린데 부인 아녜요. 꼭 그렇지만은 않아요.

노 라   크리스티네는 사무 보는 일에 대단한 능력이
       있어요. 그래서 그녀는 유능한 사람 밑에서 근
       무하면서 더 많은 것을 배우고 싶다는 거예요.

헬메르   정말 좋은 생각이시군요.

노 라   그래서 당신이 은행장이 되었다는 얘기를 듣
       고는, 전신(電信)으로 전달되었어요. 가능한 한
       빨리 이곳으로 달려온 거예요. 여보, 토르발트.
       저를 봐서라도 크리스티네를 위해 힘써 주실 수
       있지요? 네?

헬메르   불가능하진 않을 거예요. 부인께선 아마 미망
       인이시겠군요?

린데 부인   네.

헬메르   그리고 사무직에 종사한 경험도 있으시고요?

린데 부인   상당히 많은 편이죠.

헬메르   좋습니다. 그러면 아마 틀림없이 일자리를 마
       련해 드릴 수 있을 겁니다.

노 라   (손뼉을 친다) 이것 봐, 이것 보라구!

헬메르   부인께선 정말 때맞춰 잘 오셨습니다.

린데 부인   오, 어떻게 감사를 드려야 좋을지?

헬메르   천만에요. (외투를 입는다) 그럼 오늘은 이만 실
       례를 해야겠습니다.

랑 크   잠깐, 나도 같이 가겠어. (앞방에서 모피 외투를

　　　가져와서 난롯불에 따뜻하게 쬔다)

노　라　너무 늦지 않도록 하세요, 토르발트.

헬메르　한 시간이면 돌아와요. 더 늦지 않아요.

노　라　너도 가겠니, 크리스티네?

린데 부인　(외투를 입는다) 그래, 이제 방을 구해 봐야
　　　겠어.

헬메르　그러면 함께 나가도록 하지요.

노　라　(린데 부인을 도와 준다) 이럴 때 우리 집이 좁다
　　　는 것이 정말 짜증스럽구나. 하지만 어쩔 도리
　　　가 있어야지.

린데 부인　별생각을 다하는구나. 안녕, 노라. 그리고
　　　여러 가지로 고마워!

노　라　그래, 그 동안이라도 안녕. 물론 오늘 저녁에
　　　다시 오겠지. 그리고 랑크 선생님도……. 어떠
　　　세요? 건강이 허락하신다면 물론 그러시겠지요.
　　　옷을 따뜻하게 잘 입으세요. (다들 평범한 일상 대
　　　화를 나누며 앞마루로 나간다. 밖의 계단에서 아이들의
　　　소리가 들린다)

노　라　아이들이 왔구나! 아이들이 왔어! (앞으로 달려
　　　가 문을 연다. 보모 안네 마리가 아이들과 함께 나타난
　　　다)

제 8 장

앞 장면의 사람들, 안네 마리, 아이들.

노 라 들어와, 어서들 들어와! (아이들에게 키스한다)
오, 내 귀엽고 사랑스러운……. 애들 좀 봐, 크
리스티네. 정말 귀엽지 않니?

랑 크 이렇게 밖에서 바람을 쐬게 하지 말아요!

헬메르 자, 오세요, 린데 부인. 여기선 어머니 아닌
사람들은 견디기가 힘들어요.

랑크, 헬메르, 그리고 린데 부인 퇴장. 보모가 아
이들과 함께 방으로 들어온다. 노라 역시 문을 닫고
들어온다.

제 9 장

노라, 안네 마리, 아이들.

노 라 정말 씩씩하고 건강해 보이는구나. 아니, 뺨들이 어쩌면 이렇게 빨갛게 되었니? 꼭 사과나 장미 같구나. (그녀가 다음 얘기를 하는 동안 애들이 엄마의 말을 가로막곤 한다) 재미있게 지냈니? 그것 참 잘했군. 아 그래, 네가 엠미와 봅의 썰매를 밀어줬니? 두 사람 모두? 그래, 넌 대단한 아이야, 이바르. 아, 그 아이를 이리 좀 줘요, 안네 마리 우리 예쁜 아기! (보모에게서 막내아이를 받아 안고 춤을 춘다)

　　그래, 그래. 봅하고도 춤을 출게. 뭐라고? 눈싸움도 했다고? 오, 나도 함께 있었더라면. 아니야, 그냥 둬 안네 마리. 내가 아이들 옷을 벗겨 줄게. 아니야, 아니야, 내게 맡겨 둬. 내가 하고 싶단 말이야. 그 동안 안에 들어가 있어요. 몹시 추워 보여. 난로 위에 따뜻한 커피가 있어. (보모가 왼쪽 방으로 들어간다. 노라, 아이들의 외투를 벗기고, 그 외투들을 방바닥에 내던진다. 꼬마들은 서로 재잘대며 얘기하고 있다)

그래? 큰 개가 너희들 뒤를 쫓아왔다고? 물지 않았니? 그래, 물론 착한 애들은 물지 않아. 상자 속을 들여다보지 마, 이바르. 그래, 그게 뭔지 너희들만 알고 있어. 아, 아니야, 아니야. 그건 아무것도 아니야. 그래, 우리 함께 놀까? 무슨 놀이를 할까? 숨바꼭질? 그래 숨바꼭질 놀이를 하자. 봅이 맨 먼저 숨어야 한다. 내가 먼저 할까? 그래, 내가 먼저 숨지.

그녀와 아이들이 환성과 웃음을 터뜨리며, 그 방과 그리고 인접한 오른쪽 방에서 놀고 있다. 마침내 노라가 탁자 밑에 숨는다. 아이들이 우르르 몰려와서 찾았지만, 엄마를 발견하지 못한다. 그러나 노라의 킥킥거리는 웃음 소리를 듣고는 테이블로 몰려간다. 테이블 보를 걷고 엄마를 찾아낸다. 울려퍼지는 환성. 노라, 아이들을 놀래 주려는 모습으로 기어나온다. 다시 환성이 터진다. 그 사이 현관에서 노크 소리가 났지만 아무도 듣질 못했다. 이제 문이 반쯤 열리고 변호사 크로그스타트가 나타난다. 그는 놀이가 계속되는 동안 잠깐 기다리고 있다.

제10장

노라, 아이들, 크로그스타트.

크로그스타트 실례합니다, 헬메르 부인.

노 라 (약간 흐릿한 비명을 지르고는 몸을 돌린다. 그리고
  놀란 듯 펄쩍 뛴다) 아! 웬일이세요?

크로그스타트 용서하세요. 바깥문이 그냥 열려져 있더
  군요. 누군가 문을 잠그는 것을 잊었나 봅니다.

노 라 (일어선다) 남편은 집에 계시지 않습니다, 크로
  그스타트 씨.

크로그스타트 알고 있습니다.

노 라 네—, 그러면 무슨 일이세요?

크로그스타트 부인께 몇 말씀 드리고 싶어서.

노 라 누구와요? (아이들에게 조용히) 자, 안네 마리에
  게 가봐요. 뭐라고? 아니에요. 이 아저씨가 엄
  마를 해치려는 게 아니에요. 아저씨가 가시면
  다시 계속하자. (아이들을 왼쪽 방으로 인도하고 문

을 닫는다)

노 라 (불안하고 긴장한 모습으로) 저와 얘기를 하고 싶
   으시다구요?

크로그스타트 네, 그렇습니다.

노 라 오늘이……? 하지만 아직 새해가 되지 않았는
   데.

크로그스타트 네, 오늘은 크리스마스 이브지요. 부인
   께서 어떤 크리스마스의 즐거움을 갖게 되느냐
   하는 것은 부인 자신에게 달려 있습니다.

노 라 도대체 무슨 일이세요? 전 오늘은 도저히
   …….

크로그스타트 우선 그 얘기는 접어 둡시다. 이건 다른
   얘긴데요. 잠깐 시간을 낼 수 있으시죠?

노 라 네, 괜찮아요, 단지…….

크로그스타트 좋아요. 전 저 위 호텔에 앉아서 당신
   남편이 거리를 지나가는 것을 보았어요.

노 라 그래서요?

크로그스타트 어떤 부인과 함께.

노 라 그래서요?

크로그스타트 실례지만, 혹시 그 부인이 린데 부인이
   아니었던가요?

노 라 그래요.

크로그스타트 이제 막 시내에 들어왔던?

노 라 오늘 도착했어요.

크로그스타트 아마 부인의 다정한 친구겠죠?

노 라 네, 바로 그래요. 하지만 무슨 얘긴지…….

크로그스타트 저도 그 부인을 알고 있었습니다. 이전
에.

노 라 그건 알아요.

크로그스타트 그래요? 부인께서도 훤히 알고 계시는
군요. 저도 그럴 줄 알았습니다. 그러면 간단히
한마디 물어 보겠습니다. 린데 부인은 주식은행
에 채용이 되는 겁니까?

노 라 어떻게 그런 질문을 할 수 있어요, 크로그스타
트 씨. 남편의 부하 직원인 당신이? 그러나 일
단 질문을 하셨으니까 말씀드리겠어요. 네, 린
데 부인은 채용될 거예요. 그녀에게 일자리를
얻어 준 것은 바로 저예요. 크로그스타트 씨,
이제 아시겠지요?

크로그스타트 내 추측이 맞았군요.

노 라 (방안을 왔다갔다하며) 사람은 누구나 조금은 영
향력이 있다고 생각해요. 비록 여자라 할지라도
그렇게 말씀하시는 게 아니에요. 더구나 주종
관계에 있는 사람이라면, 크로그스타트 씨, 남

을 해치지 않도록 항상 조심해야 되는 거예요.

크로그스타트 영향력이 있다구요?

노 라 네, 그렇게 얘기했어요.

크로그스타트 (어조를 바꾼다) 헬메르 부인. 외람된 애기지만 저를 위해서 그 영향력을 발휘해 주시지 않겠습니까?

노 라 뭐라구요? 대체 무슨 말씀이세요?

크로그스타트 변변하지 않는 자리지만, 은행에서 쫓겨나지 않도록 좀 힘써 주십시오.

노 라 그게 무슨 뜻이죠? 누가 당신의 자리를 빼앗나요?

크로그스타트 오, 그렇게 아무것도 모르시는 것처럼 저에게 감추실 필요는 없습니다. 부인의 친구에겐 저와 만난 것이 불쾌하리라는 것을 잘 알고 있습니다. 내가 쫓겨난다면 그게 누구 덕택인지도 이제 알겠습니다.

노 라 그러나 분명히 말씀드리지만…….

크로그스타트 네, 네. 요컨대, 아직 시간이 있단 말씀이죠? 저도 분명히 말씀드리지만, 그런 일이 일어나지 않도록 부인의 영향력을 행사하십시오.

노 라 하지만, 크로그스타트 씨, 전 아무런 영향력도 없어요.

크로그스타트 없다니요? 부인 자신이 조금 전에 있다고 말씀하신 것 같은데…….

노 라 물론 이해가 잘 안 되시겠죠. 제가! 제가 남편에 대해 그런 영향력을 갖고 있다고 생각하십니까?

크로그스타트 오, 저는 부인의 남편을 학생시절 때부터 잘 알고 있습니다. 전 우리 은행장님이 다른 남편들보다 융통성이 없는 사람으로는 보지 않습니다.

노 라 제 남편을 경멸하는 말씀을 하시면 이 집에서 나가시라고 하겠어요.

크로그스타트 대담하시군요, 사모님.

노 라 전 이제 당신이 두렵지 않아요. 새해가 지나면 전 모든 곤경에서 벗어날 거예요.

크로그스타트 (감정을 더욱 자제하고서) 여보세요, 헬메르 부인. 꼭 그래야 한다면, 전 은행에서 조그만 제 직책을 지키기 위해 최후까지 투쟁하겠어요.

노 라 네, 정말 그럴 것 같아 보여요.

크로그스타트 단지 봉급 때문에 그러는 건 아닙니다. 그건 결코 문제가 아닙니다. 거기엔 다른 이유가 있지요……. 그러면 말씀드리지요. 다음과

같은 것입니다. 모든 사람이 알듯이 부인께서도
물론 아시겠지만, 전 몇 년 전에 분별없는 짓을
저질렀습니다.

노 라 그와 같은 얘기를 들은 적이 있는 것 같아요.

크로그스타트 그 문제가 재판에까진 이르지 않았습니
다만, 이 순간부터 모든 길이 내게 차단된 것
같았습니다. 그래서 저는 부인께서도 알고 계시
는 것처럼 여러 가지 사업에 몸을 던졌습니다.
무슨 일이든 시작해야 했으니까요. 전 정말이지,
그렇게 나쁜 사람은 아니었다는 것을 말씀드리
고 싶어요. 하지만 이제 그런 모든 일에서 손을
떼야겠습니다. 아이들이 점점 자라나고 있기 때
문에, 그들을 위해서라도 다시 떳떳한 시민으로
서의 존경심을 받을 수 있도록 노력해야겠어요.
그런 의미에서 은행의 직책은 어느 정도 저를
위한 첫 단계로 생각할 수 있지요. 그런데 이제
댁의 남편께서 저를 다시 구렁텅이로 밀어넣으
려고 합니다.

노 라 하지만, 제발 크로그스타트 씨. 당신을 돕는
일은 제 능력으로 할 수 없는 일이에요.

크로그스타트 부인이 하고 싶지 않기 때문이죠. 하지
만 전 부인을 강제로라도 그렇게 하도록 할 방

법이 있습니다.

노 라 설마 남편에게 내가 당신의 빚을 지고 있다는
      애기를 하시려는 건 아니겠지요?

크로그스타트 흠, 만일 제가 한다면?

노 라 그렇다면? 당신은 정말 비열한 사람이에요.
      (눈물을 억제하며) 나의 기쁨이요 자랑이기도 한
      이 비밀을! 그이가 이 비밀을 그렇게 야비하고
      상스러운 방법으로 알게 되다니……. 더구나 당
      신으로부터? 당신은 절 가장 끔찍스럽고 불유쾌
      한 구렁텅이 속으로 몰아넣으려는 거지요.

크로그스타트 불유쾌한 일뿐일까요?

노 라 (거칠게) 마음대로 하세요! 당신 자신에게도 아
      주 좋지 못한 결과가 빚어질 테니까요. 그렇게
      되면 제 남편은 당신이 얼마나 나쁜 사람인지를
      알게 될 테고, 당신은 그 자리에서 쫓겨나게 될
      테니까요.

크로그스타트 전 부인께서 집안의 불유쾌한 일만을
      두려워하는지 물었습니다.

노 라 남편이 사실을 알게 되면, 나머지 금액은 곧
      지불할 테고, 그러면 우린 당신과 아무런 관계
      도 없는 거예요.

크로그스타트 (한 발자국 다가서며) 이것 보세요, 헬메르

부인. 부인께선 기억력이 나쁘시거나, 거래란
것을 잘 모르시는 모양이군요. 부인께 그 문제
를 좀더 상세하게 설명해 드리고 싶은데요.

노 라 어떻게?

크로그스타트 댁의 남편이 병들었을 때, 부인은 1천8
백 달러를 빌리려고 내게로 왔습니다.

노 라 당신밖엔 아는 사람이 없었지요.

크로그스타트 전 당신에게 그 돈을 마련해 주겠다고
약속했습니다.

노 라 물론 그 돈을 해 주셨지요.

크로그스타트 전 부인에게 어떤 조건을 제시하면서
돈을 빌려 주겠다고 약속했습니다. 부인은 그때
바깥어른의 병환으로 몹시 분주했었고, 여행비
를 마련하기 위해 열심히 쫓아다녔지요. 따라서
부인께선 그것에 관련된 여러 가지 어려운 조건
들을 잊어버렸나 봅니다. 때문에 전 부인에게
그때의 일을 회상하게 할 필요가 있는 거지요.
아무튼 저는 부인에게 돈을 빌려줄 때 제가 작
성한 채무증서를 담보로 했습니다.

노 라 네, 제가 서명을 했지요.

크로그스타트 네, 그러나 증서 아래 부인의 아버지가
채무에 대한 보증인이 된다는 것을 첨가했지요.

이 추기(追記)에 아버지께서 서명을 하셔야 했
습니다.

노 라 하셔야 했다구요? 아버지께서 서명을 하셨잖
아요?

크로그스타트 저는 날짜를 기입하지 않았지요. 즉 댁
의 아버지께서 직접 그 문서에 서명한 날짜를
기입해야 했지요. 기억 나십니까, 헬메르 부인?

노 라 네, 그런 것 같아요.

크로그스타트 그리고 나서 저는 부인에게 채무증서를
넘겨 주었죠. 그것을 부인의 아버지께 곧 보낼
수 있도록 말이죠. 그렇지 않았습니까?

노 라 네.

크로그스타트 물론 부인은 곧 그렇게 해 주셨습니다.
5, 6일 후에 벌써 아버지 서명이 기재된 채무증
서를 저에게 돌려 주셨으니까요. 그리고나서 부
인은 저에게서 돈을 지불받으셨죠?

노 라 그런데, 제가 정확하게 갚지 않았던가요?

크로그스타트 네, 상당히 정확하게. 그러나 그 애기로
다시 돌아가서, 아마 그 당시는 부인에게 어려
운 시기였었죠, 사모님?

노 라 네, 물론이죠.

크로그스타트 아버님께선 중병이셨죠?

노 라 사경을 헤매며 자리에 누워 계셨죠.

크로그스타트 그 후 곧 돌아가셨지요?

노 라 네.

크로그스타트 헬메르 부인. 혹시 아버님이 돌아가신 날짜가 기억 나십니까? 즉 그달 어느 날에 돌아가셨는지 말입니다.

노 라 아버진 9월 29일에 돌아가셨어요.

크로그스타트 맞았어요. 전 바로 그것을 물어본 겁니다. 때문에 (어떤 문서를 꺼낸다) 전 이 이상한 사정을 이해할 수가 없어요.

노 라 어떤 이상한 사정을요? 무슨 말씀인지……?

크로그스타트 부인의 아버님께서 돌아가신 지 사흘 후에 이 증서에 서명을 했다는, 이상한 사정을 말씀이죠, 사모님.

노 라 뭐라구요? 도대체 어떻게 된 건지.

크로그스타트 댁의 부친께서 9월 29일에 돌아가셨지요. 그런데 보세요, 부친께서 여기 서명하신 날짜는 10월 2일입니다. 그게 이상하지 않습니까, 사모님?

노 라 (아무 말이 없다)

크로그스타트 그것을 설명해 주실 수 있겠어요?

노 라 (여전히 침묵을 지킨다)

크로그스타트   10월 2일이라는 날짜와 연도가 부친의
친필이 아닌, 짐작이 가는 어떤 다른 사람의 손
으로 쓰여졌다는 것도 확실합니다. 그건 이렇게
설명될 수도 있겠죠. 부친께서 서명에 날짜를
기입하는 것을 잊어버렸다, 그래서 어떤 사람이
부친의 사망을 예견하지 못하고서 되는대로 날
짜를 적어 넣었다고 말입니다. 뭐, 그거야 못할
것도 없죠. 문제가 되는 것은 이름의 서명입니
다. 헬메르 부인. 그 서명이 진짜인가요? 자필
로 이름에 서명하신 분이 댁의 부친이었을까요?

노 라 (잠시 침묵을 지키다가 머리를 뒤로 젖히고 그를 노려
본다) 아니에요, 그 밑에 이름을 적어 넣은 것은
바로 나였어요.

크로그스타트   이러한 자백이 위험하다는 것을 알고
계신지요, 사모님?

노 라 왜요? 당신은 곧 돈을 돌려받을 텐데요.

크로그스타트 한 가지 여쭤 봐도 될까요? 부인은 무
슨 이유로 부친에게 그 증서를 보내지 않았죠?

노 라 그럴 수가 없었어요. 아빠는 병환으로 편찮으셨
어요. 만약 아빠에게 서명을 부탁했더라면, 전
아빠에게 어디에 그 돈이 필요한지도 설명드려야
했을 거예요. 그러나 병환으로 신음하시는 아빠

께, 내 남편의 생명이 위협받고 있다는 얘기를 드릴 수가 없었어요. 정말 그럴 수 없었어요.

크로그스타트   그렇다면 외국 여행을 단념하시는 게 더 좋았을 텐데.

노 라   아녜요, 그것도 불가능했어요. 내 남편의 생명이 그 여행에 달려 있었으니까요. 그 여행을 포기할 수 없었어요.

크로그스타트   그러나 부인께선 그런 행위가 저에 대한 사기 행위가 된다는 것을 생각지 못하셨나요?

노 라   전 그런 걸 고려할 여유가 없었어요. 도대체 당신 때문에 아무런 생각을 할 수 없었으니까요. 남편의 위급한 상태를 잘 알고 있으면서도 여러 가지 까다롭고 냉혹한 조건들을 제시하는 당신이 견딜 수 없도록 싫었어요.

크로그스타트   헬메르 부인. 부인은 자신이 저지른 과오가 어디에 있는지 분명히 생각하지 못했어요. 그러나 분명히 말씀드리지만, 나의 모든 사회적 지위를 무너뜨린 그 과오가 부인의 경우보다 더 크지도 무겁지도 않았습니다.

노 라   당신이? 당신 부인의 생명을 구하기 위해 용감한 행위를 했다는 것을 저에게 과시하려는 거예요?

크로그스타트 법률은 그 동기를 묻지 않습니다.

노 라 그렇다면 그건 좋지 않는 법률이겠지요.

크로그스타트 좋지 않든, 좋든간에— 내가 이 증서를 법원에 제출하면 부인은 법의 심판을 받게 됩니다.

노 라 전 그렇게 생각지 않아요. 딸이, 중병에 걸린 늙은 아버지에게 근심과 고통을 안겨 주지 않으려는, 그러한 권한도 없단 말이에요? 아내가 남편의 생명을 구할 권한도 없단 말이에요? 전 법률은 정확히 모르지만, 어딘가 그러한 것이 허용되어 있으리라는 것을 확신하고 있어요. 당신은 그런 것을 모르세요, 변호사인 당신이? 당신은 좋지 않은 변호사군요, 크로그스타트 씨.

크로그스타트 그럴지도 모르지요. 하지만 거래에 관해서는—지금 우리들의 경우와 같은 거래에 있어선—제가 누구보다 사정에 밝다는 것을 부인께선 믿어 주시겠지요? 자, 이제 부인 마음대로 하십시오. 그러나 한 가지만 말씀드리겠습니다. 제가 두 번째로 쫓겨나는 경우엔 부인은 저를 도와 주셔야 합니다. (인사를 하고 마루를 지나 퇴장한다)

제 11 장

노라, 그리고 아이들.

노　라　(잠깐 생각에 잠겨 있다가 머리를 뒤로 젖힌다) 아,
　　무슨 일이지, 날 위협하려 하다니! 그렇게 쉽게
　　당하진 않을걸. (아이들의 옷들을 주워 모으기 시작
　　한다. 곧 그 일을 그만둔다)
　　　하지만……? 아니야, 그건 있을 수 없는 일이
　　야. 사랑하는 마음에서 한 일이니까.

아이들　(왼쪽 문간에서) 엄마, 이제 그 낯선 아저씨 가
　　버렸어요.

노　라　그래, 그래, 알고 있어. 그런데 낯선 아저씨
　　얘긴 아무한테도 하지 마, 알았지? 아빠에게도!

아이들　네, 엄마. 이제 우리하고 다시 놀아요.

노　라　안 돼, 안 돼. 지금은 안 돼.

아이들　그렇지만, 엄마. 그러기로 약속하셨잖아요.

노　라　그래. 하지만 지금은 안 돼. 안으로 들어들 가
　　거라. 난 할 일이 많단다. 안으로 들어가, 우리
　　착한 아이들아 어서 들어가.

노라, 아이들을 부드럽게 안으로 몰아 버리고 그
들 뒤에서 문을 닫는다.

제 12 장

노라, 헬레네.

노 라 (소파에 앉아 자수틀을 들고 몇 바늘 자수를 한다. 그
러나 곧 그만둔다)
아니야! (자수틀을 던져 버리고 일어나서 현관 방문
께로 간다. 밖을 향해 소리친다) 헬레네 크리스마스
트리를 안으로 가져와요. (왼쪽 테이블로 걸어가서
서랍을 연다. 다시 생각에 잠겨 멈춰 선다) 아니야, 그
건 도저히 있을 수 없는 일이야.

헬레네 (크리스마스 트리를 들고) 어디다 놓을까요, 마나
님?

노 라 거기, 마룻바닥에.

헬레네 그밖에 또 가져올 게 있나요?

노 라 아니, 고마워요. 필요한 것은 다 있어요.

헬레네 (크리스마스 트리를 놓아 두고는 다시 나간다)

노 라 (트리를 장식한다) 여기엔 등을 달고 저기엔 꽃
을ㅡ. 그 지독한 인간! 쓸데없는 짓이지, 실없
는 소리야. 전혀 신경 쓸 것 없어. 크리스마스

트리나 예쁘게 장식해야지. 토르발트, 당신에게
기쁨을 줄 수 있는 일이라면 무슨 일이든지 할
테예요. 노래도 부르고 춤도 추고.

제 13 장

노라, 헬메르.

헬메르 (서류 뭉치를 들고 밖에서 들어온다)

노 라 아, 벌써 돌아오시는군요!

헬메르 응, 누가 여기 왔었소?

노 라 여기? 아니오.

헬메르 이상한데. 크로그스타트가 집에서 나오는 걸
봤는데.

노 라 네? 아, 맞아요. 여기 잠깐 들렀어요.

헬메르 노라, 당신 얼굴을 보니 그 자가 여기 와서 당
신에게 잘 봐 달라고 부탁한 것 같은데…….

노 라 네.

헬메르 아니면 혹시 당신이 자발적으로 하겠다고 한
것 아니오? 그 자가 여기 왔었다는 걸 비밀로
하는 것을 보니. 그 사람이 그것도 부탁한 것
아니오?

노 라 아녜요, 토르발트. 그러나…….

헬메르 노라, 노라. 그런 문제에 당신이 관계하다니?
그런 인간과 함께 얘기하고 또 약속을 하다니!
그리고 내겐 거짓말을 하고…….

노 라 거짓말을……?

헬메르 아무도 여기 오지 않았다고 말하지 않았소?
(손가락으로 위협하는 시늉을 한다) 내 귀여운 종달
새, 다시는 그런 짓을 해선 안 되오. 아름다운
종달새가 거짓 노래를 들려 줘서야 되겠소! (팔
로 그녀를 안고서) 그렇지 않소? 그래선 안 되겠
죠? 그래, 난 잘 알고 있었소. (그녀를 풀어 준다)
이제 그 얘긴 그만둡시다. (난로 앞으로 가서 앉는
다) 아, 여긴 정말 아늑하고 기분 좋아. (서류를
몇 장 뒤적인다)

노 라 (트리를 장식하는 데 몰두한다. 잠시 침묵이 흐른 후
에) 토르발트!

헬메르 응!

노 라 모레 스텐보르크 씨 댁에서 열릴 가장무도회
를 생각하면 너무나 기뻐요.

헬메르 당신이 어떻게 나를 깜짝 놀라게 해 줄지 나
도 몹시 궁금한데.

노 라 아, 어리석은 생각이에요.

헬메르 뭐라구?

노 라 적당한 걸 생각할 수 없으니까요. 모든 게 어
    리석고 하찮아 보여요.

헬메르 철없는 노라가 그런 생각을 다 하게 되었다
    니?

노 라 (남편의 의자 뒤에서 팔걸이에 손을 얹고) 할 일이
    많으세요, 토르발트?

헬메르 아…….

노 라 무슨 서류들이에요?

헬메르 은행 일이지.

노 라 벌써요?

헬메르 난 퇴임하는 중역들로부터 인사(人事) 관계와
    사업계획의 변경에 있어 필요한 조치를 취하도
    록 전권을 물려받았소. 그래서 이번 크리스마스
    주간 동안에 그 일을 해야 되오. 새해엔 모든
    게 다 정리될 거요.

노 라 그 때문에 이 가엾은 크로그스타트가…….

헬메르 흠!

노 라 (여전히 의자 등받이에 기대어 남편 목덜미의 머리털
    을 만진다) 당신 급한 일이 없으시다면, 당신께
    커다란 부탁을 한 가지 해야겠어요, 토르발트.

헬메르 얘기해 봐요. 도대체 무슨 얘긴데?

노 라 아마 당신만큼 섬세한 취미를 가진 사람은 없
을 거예요. 전 가장무도회에서 정말 잘 보이고
싶답니다. 토르발트, 제가 어떤 인물로 분장할
것이며 의상은 어떻게 할 것인지 돌봐 주시고
또 결정해 주시지 않겠어요?

헬메르 아하, 이 조그만 고집쟁이가 궁지에 몰려 구원
을 요청하고 있는 모양이군.

노 라 네, 토르발트. 당신의 도움 없이는 전 아무것
도 할 수 없어요.

헬메르 좋아, 좋아요. 한 번 생각해 보지. 우선 틀림
없이 어떤 대책을 마련하게 될 거요.

노 라 아, 당신은 정말 자상하세요. (다시 크리스마스
트리 있는 곳으로 간다) 이 빨간 꽃들은 정말 예뻐.
그런데…… 크로그스타트라는 사람이 저지른 일
이 정말 그렇게 나쁜 짓이었나요?

헬메르 서명을 위조했었지. 그게 무슨 뜻인지 상상할
수 있겠소?

노 라 부득이한 사정에서 그렇게 한 게 아닐까요?

헬메르 응, 아니면 다른 많은 사람들처럼 사려 없이
한 짓이겠지. 난 어떤 사람을 그런 한 가지 일
로 쉽사리 판단해 버리는 냉혹한 인간이 아니
오.

노 라 네, 그래요, 토르발트.

헬메르 많은 사람들이 자기의 범행을 솔직히 시인하
고 그 처벌을 받고 나면, 다시 도덕적인 인간으
로 재기할 수 있어요.

노 라 처벌을……?

헬메르 그러나 크로그스타트는 이런 길을 걷지 않았
소. 그 자는 온갖 간계와 술책을 써서 벗어나려
고 했던 거요. 그가 도덕적으로 타락했다는 것
은 바로 이 점이오.

노 라 그렇게 생각하세요?

헬메르 죄를 의식하는 인간이라면 어떻게 그렇게 남
을 속이고, 위선적이며 자신을 가장할 수 있는
지 한 번 생각해 보구려. 자기의 이웃 사람, 심
지어는 마누라와 아이들에 대해서도 가면을 써
야 하다니. 자기 자식들에 대해서도 말이오. 이
건 정말 끔찍스러운 일이오, 노라.

노 라 왜요?

헬메르 그러한 거짓된 분위기는 모든 가족에게 나쁜
병독을 가져다 주기 때문이오. 그런 가정에선
아이들이 내쉬는 숨결마다 뭔가 좋지 못한 요소
를 흡수하게 되는 거요.

노 라 (남편 뒤에서 보다 가까이 다가서며) 꼭 그렇다고

　　　확신하세요?

노　라　여보, 난 변호사로서 충분히 관찰해 왔소. 일
　　　찍부터 타락해 버린 사람들 중 거의 모두가 거
　　　짓에 찬 좋지 못한 어머니를 갖고 있었소.

노　라　왜 하필이면 어머니들 때문이죠?

헬메르　대부분이 어머니에게 달려 있어요. 물론 아버
　　　지의 경우도 마찬가지지. 그런 것은 변호사라면
　　　누구나 알고 있는 사실이오. 그런데 이 크로그
　　　스타트라는 자는 수년 동안 거짓과 가식으로 자
　　　기 자식들에게 나쁜 병독을 주었소. 그 때문에
　　　난 그 자를 도덕적으로 타락했다고 하는 것이
　　　오. (그녀를 향해 손을 내뻗는다) 따라서 우리 귀여
　　　운 노라는 그런 자를 위해 어떤 일을 주선하지
　　　않겠다고 약속해 줘야 겠소. 자 손을 얹어요.
　　　아니, 왜 그러지? 내게 손을 줘요. 어서! 그래
　　　알았소. 그 자와 함께 일한다는 것은 도저히 있
　　　을 수 없는 일이오. 난 그런 사람들이 가까이
　　　있으면 육체적으로 불쾌해요.

노　라　(손을 빼내곤 크리스마스 트리 반대쪽으로 간다)
　　　　여긴 정말 따뜻해요. 전 아직 할 일이 많아요.

헬메르　(일어서서 서류를 한데 모은다) 그래요, 나도 식사
　　　전에 여기 이 서류들을 몇 가지 읽어 봐야겠소.

당신의 의상도 생각해 볼게. 그리고—금종이에 싼—크리스마스 트리에 매달 수 있는 조그만 선물도 준비해야겠지. (그녀의 얼굴에 손을 가져간다) 아, 내 귀여운 조그만 종달새. (자기의 방으로 들어가서 문을 닫는다)

제14장

노라, 그리고 안네 마리.

노　라　(잠시 후, 조용히) 아 무슨 생각을? 그렇지 않
아. 있을 수 없는 일이야. 그런 일이 있어선 안
돼!

안네 마리　(왼쪽 문간에서) 아이들이 엄마에게 가게 해
달라고 야단들이에요.

노　라　안 돼, 안 돼, 안 돼. 애들을 들여보내지 말아
요. 애들과 같이 있어 줘요, 안네 마리.

안네 마리　네, 네, 마님. (문을 닫는다)

노　라　(무서운 생각에 창백해진 모습으로) 내가 애들을
버리게 하다니. 나의 가정에 병독을 (고개를 꼿꼿
이 치켜든다) 그건 거짓말이야. 결코 사실일 수
없어!

제 2 막

같은 방. 한구석 피아노 옆에 크리스마스 트리가 타
다가 남은 촛동강과 함께 약탈당하고 쥐어 뜯긴 모습
으로 서 있고, 소파 위에는 노라의 외투가 놓여 있다.

제 1 장

노라.

노　라　(혼자 불안한 모습으로 왔다갔다한다. 마침내 소파 앞에 멈춰서서 외투를 잡는다. 잠시 생각해 보더니 다시 외투를 떨어뜨린다) 누가 왔는가 봐! (문 있는 곳으로 다가가 귀를 기울인다) 아니야, 아무도. 물론 크리스마스 주일 첫날인 오늘은 아무도 오지 않아. 그리고 내일도. 그러나 혹시 (문을 열고 밖을 내다본다) 아니야. 편지함에 아무것도 없어. 텅 비어 있어. (무대 앞쪽으로 온다) 아, 어리석은 애기야! 그 사람도 그걸 진지하게 생각지 않을 거야. 그런 일은 있을 수 없어, 있을 수 없는 일이야. 내겐 아이들이 셋이나 있으니까.

제 2 장

노라, 안네 마리.

안네 마리 (왼쪽 방에서 커다란 판지 상자를 들고 온다) 드
디어 가장무도회 의상이 든 상자를 찾았어요.

노 라 고마워. 그걸 테이블 위에 놓아 줘요.

안네 마리 (그렇게 한다) 그런데 옷들이 뒤죽박죽이에
요.

노 라 아, 저것들을 모두 조각조각 찢어 버리고 싶
어!

안네 마리 원, 무슨 말씀을. 쉽게 정돈할 수 있어요.
조금만 참으세요.

노 라 그래요, 난 린데 부인한테 가야겠어. 그녀라면
날 도와 주겠지.

안네 마리이 지금 또 외출을 하시게요? 이 좋지 못한
날씨에? 마님 감기 드십니다. 병 들어요.

노 라 아, 감기 드는 게 문제가 아니에요. 애들은

뭘 하고 있죠?

안네 마리   가엾은 꼬마 장난꾸러기들이 크리스마스
   선물을 가지고 놀고 있어요. 그런데…….

노 라   자꾸만 내 얘길 하던가요?

안네 마리   그렇지요, 아이들은 언제나 엄마와 함께 있
   었으니까요.

노 라   그래요. 하지만 지금부턴 애들을 그전처럼 그
   렇게 돌볼 수 없어요, 안네 마리.

안네 마리   네, 아이들은 길들이기 나름이죠.

노 라   유모, 내가 완전히 떠나 버리면 아이들이 엄마
   를 잊으리라고 생각하세요?

안네 마리   어머나, 완전히 떠나시다니!

노 라   말해 줘요, 안네 마리. 난, 종종 그런 생각을
   해봤어요. 어떻게 유모, 아기를 다른 사람들에
   게 넘겨 줄 수 있었는지?

안네 마리   전 어린 노라를 위해 보모가 되어야 했을
   때, 그렇게 하지 않을 수 없었어요.

노 라   그래요, 하지만 그건 유모가 원해서였잖아요!

안네 마리   내가 그렇게 좋은 자리를 얻을 수 있었으
   니까 그랬죠! 불행해진 가엾은 소녀로선 그렇게
   된 걸 기쁘게 생각해야죠. 그 나쁜 작자는 나를
   위해 아무것도 해 주지 않았으니까요.

노 라 하지만 딸은 유모를 확실히 잊었겠지요.

안네 마리 아녜요, 아녜요. 잊지 않았어요. 그 아이가
견진성사(堅振聖事)를 받았을 때, 그리고 결혼
하게 되었을 때, 두 번 모두 제게 편지를 썼어
요.

노 라 (팔을 그녀의 목 언저리로 가져간다) 안네 마리, 당
신은 내가 어렸을 때 나의 좋은 어머니였어요.

안네 마리 가엾은 어린 노라는 나 말곤 어머니가 없
었죠.

노 라 그리고 내 아이들에게 다른 어머니가 없게 된
다면, 난 알아요. 당신이……. 아, 쓸데 없는 생
각이야! (상자를 연다) 애들에게 가봐요. 이제
난, 내일이면 내가 얼마나 멋진 모습인지 알게
될 거예요.

안네 마리 네, 틀림없이 무도회장에선 노라 마님처럼
예쁜 사람은 아무도 없을 거예요. (왼쪽 방으로
들어간다)

노 라 (상자를 풀어헤치기 시작한다. 그러나 곧 모든 걸 집
어던진다)
그냥 훌훌 떠나 버릴 수만 있다면, 아무도 오지
않는다면, 그 사이 이 집안에서 어떤 일도 일어나
지 않는다면 좋을 텐데. 어리석은 생각이야. 아무

도 오지 않아. 생각을 말아야지, 머리에 솔질이나 해야지. 아름다운 장갑이야. 정말 아름다운 장갑이야. 아무 일에도 개의치 말자. 전혀 신경 쓸 것 없어. 하나, 둘, 셋, 넷, 다섯, 여섯……(소리친다) 아, 그들이 오는군! (문 가까이 가려고 한다. 그러나 어쩔 줄 모르고 그냥 멈춰 서 있다)

제 3 장

노라, 린데부인.

린데 부인, 현관 방에서 외투를 벗어 걸고 나온
다.

노 라   아, 너로구나, 크리스티네? 그밖에 다른 사람
        은 오지 않았지? 네가 와 줘서 얼마나 좋은지.
린데 부인 우리 집에 들러서 날 찾았다면서?
노 라   그래, 마침 지나는 길이었어. 네가 좀 도와 줘
        야 할 일이 있어, 이리와, 소파에 앉아. 여길
        봐. 내일 저녁 우리 위층에 사는 스텐보르크 영
        사 댁에서 가장무도회가 열려. 그런데 토르발트
        는 내가 나폴리의 고기잡이 처녀로 분장해서 타
        란텔라 춤을 추라는 거야. 난 그 춤을 카프리
        섬에서 배웠으니까.
린데 부인 그래, 그래. 그러니까 진짜 춤을 보여 줘야
        겠구나?

노 라 그래, 토르발트도 그걸 원하고 있어. 자 봐, 여기 의상이 있어. 토르발트가 남쪽 이탈리아에서 고쳐 줬어. 그런데 이젠 모두 찢어져서 어떻게 해야 좋을지 모르겠어.

린데 부인 오, 그거야 곧 다시 고칠 수 있겠지. 여기저기 레이스가 약간 떨어져나간 것뿐이니깐. 바늘과 실은? 그래, 필요한 건 모두 있구나.

노 라 정말 고마워.

린데 부인 (바느질을 하면서) 그러니까 내일 가장무도회가 열린단 말이지, 노라? 그럼 잠깐 와서 네가 어떻게 치장을 했는지 봐야겠구나. 참, 깜박 잊었구나. 어젯저녁 정말 즐거웠어.

노 라 (일어나서 방 안을 왔다갔다한다) 아, 난 어젯저녁이 그전처럼 그렇게 기분이 좋질 않았어. 네가 좀더 일찍 이곳으로 왔으면 좋았을 텐데, 크리스티네. 물론 토르발트는 우리 가정을 유쾌하고 아늑하게 꾸밀 줄 아는 사람이지.

린데 부인 그리고 너도. 넌 정말 그 아버지에 그 딸이야. 참, 그런데 랑크 의사는 언제나 어젯저녁처럼 풀이 죽어 있니?

노 라 아니야, 어젠 정말 두드러지게 나타났지. 그분은 아주 위험한 병을 앓고 있어. 바로 척추결핵

이야, 가엾은 분이지. 그분의 아버진 애인을 여
럿 거느린 지독한 사람이었단다. 그 때문에 그
아들은 어릴 때부터 병약했었지, 알겠니?

린데 부인 (반짇고리를 무릎에 놓는다) 그런데 애 노라
야. 어디서 그런 얘길 들었니?

노 라 (방 안을 오가며) 흥, 애들이 셋이나 되면 때때
로 찾아오는 손님이 있지. 즉 의술에 관해 많이
알고 있는 부인네들이지. 그 사람들이 이런저런
얘길 들려 주는 거야.

린데 부인 (다시 바느질을 한다) 랑크 의사는 매일 너의
집에 오시니?

노 라 매일이지. 그분은 토르발트의 가장 친한 죽마
고우며, 또 나의 좋은 친구이기도 해. 말하자면
랑크 의사는 우리 가족과 같은 사람이야.

린데 부인 그런데 이봐, 그 사람 정직한 사람이니?
내 말은 그 사람이 남들의 비위나 맞추는 그런
사람이 아닌가 말이야?

노 라 정반대야! 어떻게 그런 말을 하지?

린데 부인 네가 어제 날 그분에게 소개했을 때, 그 사
람은 여기 이 집에서 종종 내 이름을 들었다고
분명히 얘기했어. 그런데 네 남편은 정말 내가
누군지 모르고 있었거든. 그런데 어떻게 랑크

　　　　의사가……?

노　라　네 말이 맞아, 크리스티네. 그러나 이것 봐, 토르발트는 나를 정말 말할 수 없이 사랑해. 그래서 그이는 자기 표현대로 날 혼자만 소유하고 싶다는 거야. 처음엔 내가 옛날 애인의 이름만 얘기해도 그분은 몹시 질투를 했단다. 그래서 그 후로는 일절 그런 애길 하지 않았지. 그러나 랑크 의사와는 자주 그런 얘기를 나누지. 그분은 내가 재잘거리는 걸 듣기 좋아하시니까.

린데 부인　여러 가지 면에서 넌 아직 어린애 같아. 노라, 난 너보다 꽤 나이도 많고 경험도 있어. 네게 이런 얘길 해주고 싶어. 랑크 의사와의 문제에 끝을 내도록 해야 돼.

노　라　어떤 문제에?

린데 부인　이런저런 문제에 말이야. 어제 넌 얘기했지, 너를 좋아하는 어떤 돈 많은 남자가 있었으면 하고.

노　라　그래, 그런 사람은 존재하지 않아, 유감스럽게도. 그래서?

린데 부인　랑크 의사 그분, 재산이 있니?

노　라　그래, 있지.

린데 부인　누구 돌봐 줄 사람도 없고?

노 라   아무도 없어. 그런데……?

린데 부인   그리고 매일 너의 집에 온다지?

노 라   얘기했잖아, 매일이라고.

린데 부인   그런데 그 좋은 남자가 어쩌면 그렇게 세
          련되질 못했지?

노 라   무슨 얘길 하는지 모르겠어.

린데 부인   이제 가면을 벗어, 노라. 네가 누구한테서
          1천8백 달러를 빌렸는지, 내가 모르는 줄 아는
          모양이지?

노 라   제정신으로 하는 얘기야? 어떻게 그런 추측을
          할 수 있니? 매일 우리 집에 오는 우리 친구를?
          그렇다면 그건 얼마나 고통스러운 관계일까!

린데 부인   그러니까 그 사람은 정말 아니란 말이지?

노 라   그래, 절대로 아니야. 난 그분에 대해서 한순
          간도 그런 생각을 해본 일이 없어. 더구나 그
          당시에 그분은 빌려 줄 돈도 없었어. 나중에서
          야 상속을 받았으니까.

린데 부인   그렇다면 네겐 다행한 일이야, 노라.

노 라   아니야. 정말이지, 랑크 의사에게 부탁할 생각
          은 추호도 없었어. 그리고 난 너무나 잘 알고
          있지, 만일 내가 그분에게 그런 부탁을 한다
          면……

린데 부인 그러나 물론 넌 그런 짓을 하지 않겠지.

노 라 물론이지. 또 그런 것이 필요하리라고도 생각
　　　지 않아. 하지만 이것만은 분명히 확신하고 있
　　　지. 만일 내가 랑크 의사에게 얘기했다면…….

린데 부인 남편 모르게?

노 라 다른 방법으로 해결해야 했지, 그것도 남편 모
　　　르게. 아무튼 해결하지 않으면 안 되었으니까.

린데 부인 그래, 그래, 그 얘긴 어제 했잖아. 그런
　　　데…….

노 라 (왔다갔다하며) 이런 경우 남자라면 여자보다
　　　더 쉽게 해결할 수도 있을 텐데.

린데 부인 자기 남편이라면 더욱 그렇지.

노 라 아 어떻게 한다지! (멈춰 선다) 그런데 일단 빚
　　　진 돈을 모두 갚게 되면 채무증서는 돌려받게
　　　되는 거지. 그렇지?

린데 부인 당연하지.

노 라 그러면 그 증서를 갈가리 찢어 불태워 버릴
　　　수 있을 텐데. 그 더러운 종이 쪽지를?

린데 부인 (그녀를 뚫어지게 바라본다. 반짇고리를 곁에 놓
　　　고 천천히 일어서며) 노라, 넌 뭔가 숨기고 있어.

노 라 내 얼굴에 그렇게 나타나 있니?

린데 부인 어제 아침부터 네게 무슨 일이 생긴 거야.

　노라, 그게 무슨 일이지?

노 라　(그녀를 향해) 크리스티네! (귀를 기울인다) 쉿! 토르발트가 집으로 오나 봐. 여기 그 동안 애들 곁에 있어 줘. 토르발트는 바느질하는 걸 싫어하거든. 안네 마리가 도와 줄 거야.

린데 부인　(옷가지를 주워 모은다) 그래, 그러나 우리가 서로 솔직히 얘기하기 전에는 이 집에서 떠나지 않겠어.

　　　왼쪽으로 퇴장. 동시에 헬메르가 현관 방에서 안으로 들어온다.

제 4 장

노라, 헬메르.

노 라 (그를 향해 간다) 아, 얼마나 당신을 기다렸는
     지. 여보, 토르발트!

헬메르 그 사람 침모였었소?

노 라 아녜요, 크리스티네예요. 제가 입을 의상을 손
     봐주고 있는 거예요. 당신은 내 모습이 얼마나
     매력적인가를 보게 될 거예요.

헬메르 그래, 그게 다 나의 훌륭한 착상이 아니었소?

노 라 네, 훌륭해요. 하지만 당신의 뜻을 따른 나도
     훌륭한 여자가 아니에요?

헬메르 (그녀의 턱을 만진다) 당신이 남편의 뜻을 따라
     서 훌륭하다고? 그래, 그래. 이 귀여운 장난꾸
     러기. 사실은 그런 뜻이 아니란 걸 알고 있지.
     아무튼 당신을 방해하지 않겠어. 한번 옷을 입
     어 보려는 거지.

노 라 당신은 또 일을 하시겠지요?

헬메르 그래요. (서류 뭉치를 보여 준다) 자, 봐요. 은행
        에 갔다 왔소. (자기 방으로 가려 한다)

노 라 토르발트.

헬메르 (멈춰 선다) 응.

노 라 지금 당신의 귀여운 다람쥐가 점잖게, 그리고
        진심으로 당신께 뭘 부탁드린다면…….

헬메르 그래서?

노 라 들어 주시겠어요?

헬메르 우선 무슨 얘긴지 알아야지.

노 라 만약에 당신이 귀엽게 봐 주시고 제 말을 들
        어 주신다면, 이 다람쥐는 온갖 재롱을 다 피울
        거예요.

헬메르 어서 얘기해 봐요.

노 라 이 종달새는 밤마다 돌아다니며 지저귈 거예
        요. 큰소리로, 그리고 부드럽게.

헬메르 아니, 무슨 얘기요? 그거라면 늘 하고 있는
        것 아니오?

노 라 전 요정이 되어 달빛을 받으며 춤출 거예요,
        토르발트.

헬메르 노라, 아마 오늘 아침에 당신이 비쳤던 그 얘
        기가 아닌지?

노 라 (보다 가까이 다가서서) 네, 토르발트. 아주 간곡
　　　히 부탁하는 거예요!

헬메르 당신은 이 문제를 다시 언급할 만큼 대단한
　　　사람인가?

노 라 네, 네, 제 부탁을 꼭 들어 주셔야 해요. 크로
　　　그스타트를 은행에 그대로 있도록 해 주셔야 해
　　　요.

헬메르 이봐요 노라. 그 사람 자리는 린데 부인에게
　　　주기로 결정했어요.

노 라 네, 그건 정말 잘하신 일이에요. 하지만 크로
　　　그스타트 대신에 다른 사람을 해고시키면 되잖
　　　아요?

헬메르 정말 지독한 고집이군! 당신이 분별없이 그
　　　자를 잘 봐 주겠다고 약속했기 때문에, 이제
　　　난…….

노 라 모두 당신을 위해서예요, 토르발트. 그 사람은
　　　체면을 모르는 신문의 기고가(寄稿家)예요. 당
　　　신이 말씀하셨잖아요. 그 자는 당신에게 말할
　　　수 없이 많은 해를 끼칠지 몰라요. 전 그 사람
　　　이 정말 두려워요.

헬메르 아, 알겠소. 당신을 놀라게 하는 그 사실은 이
　　　미 옛날 이야기요.

노 라 그게 무슨 말씀이에요?

헬메르 당신은 물론 아버지 일을 기억하고 있겠지.

노 라 네, 물론이죠. 그 나쁜 사람들이 신문에서 얼마나 아빠를 욕하고 중상했는지 생각해 보세요. 그 사람들은 어떻게 해서든지 아빠를 면직시켰을 거예요. 만약에 정부에서 그 문제를 조사하기 위해 당신을 보내지 않았더라면, 그리고 당신이 호의를 갖고 관대히 봐 주지 않았더라면 말이에요.

헬메르 내 귀여운 노라, 당신 아버지와 나 사이엔 뚜렷한 차이점이 있소. 당신 아버지는 관리로서 하자가 없지는 않았소, 하지만 난 깨끗해요. 그리고 내가 공직에 있는 한 앞으로도 계속 그럴 것이오.

노 라 당신은 악한 사람들이 모든 것을 날조한다는 걸 모르고 계시군요. 지금 우린 아무것도 부족한 것이 없고, 이 평화롭고 근심 없는 가정에서 행복하게 살 수 있어요. 당신과 나, 그리고 아이들이 말예요, 토르발트! 때문에 전 당신에게 이렇게 간청하는 거예요.

헬메르 바로 당신이 그 사람을 변호하기 때문에, 난 더욱 그 자를 붙잡아 둘 수가 없소. 은행에선

내가 크로그스타트를 해고하리라는 것이 이미
알려졌소. 그런데 새 은행장이 자기 마누라 때
문에 마음이 변했다는 소문이 퍼지면…….

노　라　네, 그래서요?

헬메르　이 작은 고집쟁이가 자기의 의사를 관철한다
할 것 같으면 물론 그 이상의 목적은 없겠지
만……. 난 모든 직원들 앞에서 웃음거리가 될
것이고— 사람들은 내가 외부의 온갖 영향에 좌
우되는 인간이라고 생각할 거요. 난 그 결과를
곧 피부로 느끼게 될 거요, 이 말은 믿어도 좋
아요! 그밖에 크로그스타트를 은행에 붙어 있지
못하게 하는 또 다른 사정이 있어요, 내가 은행
장으로 있는 한 말이오.

노　라　무슨 사정이에요?

헬메르　그 사람의 도덕적 결함은 간과할 수 있을지도
모르지만…….

노　라　그렇죠, 토르발트.

헬메르　그리고 내가 듣기엔 그 자도 아주 쓸모가 있
는 인간이라고 하더군. 하지만 그 사람은 어릴
적 친구요. 이렇게 섣불리 맺은 우정 관계가 훗
날 괴로움을 주는 경우가 종종 있어요. 그래,
솔직히 말해서 우린 「너, 나」 하는 사이요. 그

런데 이 덜된 인간이 다른 사람이 있는 경우에도 이런 사이를 비밀로 하지 않는단 말이오. 반대로 그 자는 내게 허물 없는 말투를 쓸 자격이 있다고 생각하는 거요. 그래서 툭하면, 「자네」「이봐」「어이 헬메르!」하고 내뱉는단 말이오. 당신에게 솔직히 말하지만 그런 말투가 극도로 내 감정을 건드린단 말이오. 그 자는 은행에서의 내 직위를 못 견디게 만들 거요.

노　라　토르발트, 하지만 당신은 문제의 핵심을 찌르지 못하고 있어요.

헬메르　못하고 있다고? 아니 왜?

노　라　그래요, 당신이 얘기하는 건 하찮은 걱정들이에요.

헬메르　무슨 얘길 하는 거요? 하찮은 것이라고? 당신은 날 옹졸한 사람으로 생각하는 거요?

노　라　아녜요, 그 반대예요, 토르발트. 그래서 바로 그 때문에.

헬메르　마찬가지 얘기요. 당신이 나의 동기를 하찮은 것이라고 말하다니. 아마 그럴지도 모르지. 하찮은 것이라고? 그래, 그래요. 자, 이제 그 얘기는 끝냅시다. (현관 방문으로 가서 소리친다) 헬레네!

노　라　뭘 하시려는 거예요?

헬메르　(서류를 뒤적인다) 그 문제에 끝장을 내기 위해
　　서요.

　　　　하녀가 들어온다.

제 5 장

앞 장면의 사람들, 헬레네.

헬메르　(헬레네에게) 자, 이 편지를 가져 가서 하인에
게 줘요. 그 편지를 곧 부치도록 해야 돼요. 주
소가 그 위에 적혀 있으니까. 여기 돈 있어요.

헬레네　네. (편지를 들고 퇴장)

제 6 장

노라, 헬메르.

헬메르 (서류를 한데 모은다) 그럼, 이 작은 고집쟁이.

노 라 (혼이 나간 듯) 토르발트, 그게 무슨 편지였죠?

헬메르 크로그스타트의 해고장이지.

노 라 다시 돌려받아요, 토르발트. 아직 시간은 있어
요. 오, 토르발트, 그 편질 돌려받아요. 저를 위
해서요, 당신을 위해서요, 아이들을 생각해서라
도. 듣고 있어요, 토르발트? 그렇게 하세요. 당
신은 우리 모두에게 어떤 일이 닥칠지 모르고
있어요.

헬메르 너무 늦었소.

노 라 네, 너무 늦었어요.

헬메르 여보, 노라. 당신의 걱정이 근본적으로 나에
대한 모욕이긴 하지만, 아무튼 용서해 주겠소.
그렇지, 모욕이고말고! 내가 엉터리 변호사의

보복을 두려워한다고 생각하니, 그게 모욕이 아니란 말이오? 하지만 난 용서하겠소. 그런 걱정은 나에 대한 당신의 커다란 애정의 표시이기도 하니까. (그녀를 끌어안는다) 사랑하는 노라, 그대로 두고 봅시다. 무슨 일이 일어나려면 일어나라지. 무슨 문제가 생기면 날 믿어요. 난 용기도 있고 또 필요한 힘도 있으니까. 내가 모든 일을 감당할 만큼 충분한 힘이 있다는 걸 알게 될 거요.

노 라 (갑자기 깜짝 놀라서) 그게 무슨 말씀이에요?

헬메르 모든 걸 말이오.

노 라 (침착하게) 결코 그러지 못할 거예요.

헬메르 좋아요. 그럼 우리 나눕시다, 노라. 남편과 아내로서 아주 적당하게. (그녀를 어루만진다) 이제 만족하겠소? 자, 자, 이제 놀란 비둘기 눈을 하지 말아요. 모든 게 망상일 뿐이오. 이제 당신은 탬버린을 갖고 타란텔라 춤을 연습해야 돼요. 난 안쪽 서재에 앉아 사잇문을 닫아 버리겠소. 그러면 아무 소리도 들리지 않지. 얼마든지 시끄럽게 해도 좋아요. (문 앞에서 돌아선다) 그리고 랑크가 오면 내가 있는 곳을 알려 줘요. (노라에게 고개를 끄덕이고, 서류를 들고 자기 방으로 가서 문을 닫는다)

제 7 장

노라, 그리고 랑크, 나중에 헬레네.

노 라 (불안에 휩싸여 거기에 못 박힌 듯 서 있다. 속삭인다) 그 자는 그런 짓을 할 수 있었어! 그리고 실제로 했고. 그래, 어쨌든 그 자는 했었어. 아니야, 결코 그것만은 안 돼! 차라리 다른 짓을 모두 하더라도! 구제가! 어떤 탈출구가. (현관에서 초인종 소리가 난다) 랑크 의사야! 그것이 어떤 일이든 다른 짓은 모두 해도 좋지만! (그녀는 얼굴을 매만지고 정신을 가다듬는다. 문으로 가서 열어 준다. 랑크, 밖에 서서 모피 외투를 걸치고 있다. 다음 장면이 계속되는 동안 날이 어두워지기 시작한다) 안녕하세요, 의사선생님? 초인종 소릴 듣고서 선생님인 줄 알았어요. 하지만 지금은 토르발트에게 가실 수 없어요, 할 일이 있는가 봐요.

랑 크 그러면 부인께는?

노　라　(랑크가 방 안으로 들어오고 노라가 문을 닫는다)
　　　　오, 선생님이라면 언제나 한 시간 정도는 시간
　　　　을 낼 수 있다는 걸 아시잖아요.

랑　크　고마워요. 저는 할 수 있는 한 부인의 친절을
　　　　충분히 이용할 거예요.

노　라　무슨 말씀을 하시려는 거예요? 선생님이 할
　　　　수 있는 한이라니?

랑　크　네, 놀라셨어요?

노　라　아주 이상한 말씀을 하시는군요. 무슨 절박한
　　　　일이라도 있단 말씀이에요?

랑　크　제가 이미 오랫동안 준비하고 있던, 어떤 일이
　　　　있죠. 물론 이렇게 빨리 오리라곤 생각지 못했
　　　　지만.

노　라　(그의 팔을 붙잡는다) 그게 무슨 일이에요, 선생
　　　　님? 꼭 말씀해 주셔야 해요!

랑　크　(난로 앞으로 가서 앉는다) 전 쇠약해 가고 있어
　　　　요. 거기에 대한 처방은 아무것도 없죠.

노　라　(안도의 숨을 내쉰다) 아, 선생님 자신에 관한 말
　　　　씀을?

랑　크　그럼 그밖에 누구에 관해서겠어요? 무엇 때문
　　　　에 자신을 속이겠어요. 난 환자들 중 가장 불행
　　　　한 환자예요, 헬메르 여사. 최근에 신체 내부에

대해 종합 진단을 받았어요. 파멸이에요! 4주가
가기 전에 난 무덤에서 벌레들의 밥이 되고 말
거예요.

노 라 아, 무슨 그렇게 끔찍스러운 말씀을!

랑 크 사실이 그렇게 끔찍스러운걸요. 그러나 가장
좋지 못한 것은 부수적인 많은 끔찍한 일들이
선행(先行)한다는 점이에요. 이제 한 가지 검사
만이 남아 있죠. 그 검사만 끝나면 언제 죽음이
시작되는지 짐작할 수 있을 거예요. 이와 관련
해서 한 가지 말씀드릴 게 있어요. 섬세한 감각
을 지닌 헬메르는 모든 끔찍스러운 일에 대해
심한 저항심을 갖고 있어요. 난 그 사람을 내
병실에 들여 놓지 않겠어요.

노 라 하지만 선생님…….

랑 크 난 그 사람을 들여보내지 않을 거예요. 어떤
일이 있어도 난 문을 걸어 두겠어요. 최악의 경
우에 대한 확신을 갖게 되면, 곧 부인께 까만 십
자가가 그려진 명함을 보내겠어요. 그러면 그 끔
찍스러운 죽음이 시작되었다는 걸 아셔야 해요.

노 라 아녜요, 선생님은 오늘 무서워 보여요. 전 선
생님을 아주 기분 좋은 상태에서 만나고 싶었는
데…….

랑 크 죽음을 눈 앞에 두고요? 아무튼 이렇게 해서
      다른 사람의 죄를 갚게 되는 거죠. 도대체 정의
      라는 게 어디 있습니까? 그리고 어느 가정에서
      나 방법은 다르다 하더라도 이러한 가차없는 인
      과응보란 게 있는 법이죠.

노 라 (귀를 막는다) 터무니없는 얘기예요. 우스운 얘
      기예요.

랑 크 네, 사실 우스운 얘기죠. 어쨌든 내 가엾은,
      죄없는 척추가 아버지의 방탕했던 장교 시절 때
      문에 괴로움을 겪어야 하다니.

노 라 (왼쪽 테이블 앞에서) 그분은 아스파라거스와 거
      위·간·파이를 몹시 좋아하셨지요?

랑 크 그래요, 그리고 버섯도.

노 라 맞아요, 버섯도. 그리고 굴도 좋아하셨죠?

랑 크 네, 물론이죠, 굴도 좋아했죠.

노 라 게다가 온갖 포트와인과 샴페인도. 이런 맛있
      는 것들이 사지(四肢)에 치명적인 해를 끼치다
      니, 슬픈 일이에요.

랑 크 더구나 그런 것 맛보지도 못한 이 불행한 척
      추에 말이죠.

노 라 아! 네. 그건 가장 불행한 일이에요.

랑 크 (살피듯 그녀를 본다) 흠……

노 라 (조금 후에) 왜 웃으셨죠?

랑 크 아니오, 웃은 건 부인이었어요.

노 라 아녜요, 선생님이에요.

랑 크 (일어선다) 부인은 내가 생각했던 것보다 더 심
     한 장난꾸러기군요.

노 라 전 오늘 여러 가지 바보 같은 짓들에 마음이
     쏠렸어요.

랑 크 그런 것 같아요.

노 라 (두 손을 그의 어깨로 가져간다) 이봐요, 선생님.
     죽음이 결코 당신을 토르발트와 제게서 뺏어 가
     지 못할 거예요.

랑 크 아, 부인은 그 죽음을 쉽게 잊을 수 있을 거예
     요. 죽은 사람들은 곧 잊혀지기 마련이니까요.

노 라 (걱정스러운 모습으로 그를 바라본다) 그렇게 생각
     하세요?

랑 크 사람은 새로운 관계를 맺게 되죠. 그리고
     선⋯⋯.

노 라 누가 새로운 관계를 맺어요?

랑 크 내가 없어지면 부인과 헬메르도. 그런데 부인
     께선 이미 진행 중인 것 같아요. 어제 저녁 여
     기서 만난 린데 부인이란 여자가?

노 라 아, 가엾은 크리스티네를 질투하시는 것 아니

겠지요?

랑 크   아니, 질투하고 있어요. 그녀가 여기 이 집안
에서 내 후계자가 되겠지요. 내가 없어지면 아
마 그 부인이…….

노 라   쉿! 소리를 낮추세요. 저 안에 그녀가 있어요.

랑 크   오늘도? 자, 그것 보세요.

노 라   제 의상을 손봐 주기 위해 온 거예요. 저런,
그렇게 불쾌하시다니. (소파에 앉는다) 자, 이제
이성을 찾으세요. 선생님, 내일 아주 훌륭한 춤
을 보여 드리겠어요. 선생님을 위해 춤을 춘다
고 생각하셔도 좋아요. 물론 토르발트를 위해서
도, 그야 당연한 얘기죠. (상자에서 여러 가지 물건
을 꺼낸다) 선생님, 여기 앉으세요, 뭘 보여 드릴
테니까.

랑 크   (앉는다) 뭘요?

노 라   여길 보세요, 자!

랑 크   비단양말이군요.

노 라   살색이에요. 정말 아름답지 않아요? 지금 여
긴 아주 어두워요. 그러나 내일은……. 아니, 아
니, 아니. 발꿈치만 보셔야 돼요. 아니, 괜찮아
요, 상관없어요. 윗부분을 보셔도.

랑 크   흠…….

노 라 왜, 그렇게 못마땅한 얼굴을 하시죠? 어울리
지 않는단 말씀인가요?

랑 크 전 그런 것에 대한 확실한 의견을 가질 수가
없어요.

노 라 (잠깐 그를 바라본다) 피, 부끄러운 줄 아세요.
(양말로 그의 귀를 살짝 친다) 그 말씀에 대한 벌이
에요. (다시 양말을 집어넣는다).

랑 크 그밖에 또 제가 구경할 훌륭한 것들이 뭔가
요?

노 라 이제 더 이상 보여 드리지 않겠어요. 선생님은
예의가 없어요. (콧노래를 부르면서 물건들을 뒤적인
다)

랑 크 (잠시 침묵을 지키다가) 제가 부인과 함께 여기
이렇게 허물없이 앉아 있으면 알 수 없는 생각
이 들어요. 전혀 상상할 수 없는 일이죠. 만일
내가 이 집을 드나들지 않았더라면 어떻게 되었
을까 하고.

노 라 (웃으며) 네, 전 선생님이 우리 집에서 늘 행복
감을 느꼈다고 믿고 있어요.

랑 크 (낮은 소리로 멍하니 앞을 응시하며) 이제 이 모든
것에서 떠나야 하다니.

노 라 실없는 말씀을! 선생님은 우리 곁을 떠나지

않아요.

랑 크 (앞에서와 같은 모습으로) 변변찮은 감사의 표시
도 남길 수 없다니, 섭섭한 마음도 일순간에 지
나지 않을 거예요. 어딘지 텅 빈 듯한 마음도,
곧 나타날 좋은 사람에 의해 채워지겠지요.

노 라 그런데 지금 선생님께 뭘 부탁드린다면? 아녜
요.

랑 크 무슨 일인데요?

노 라 커다란 우정의 표시를…….

랑 크 네, 네?

노 라 아녜요, 제 말은 뭔가 커다란 호의를.

랑 크 부인은 저를 정말 행복하게 하시려는 거죠?

노 라 아, 선생님은 아직 무슨 일인지 전혀 모르시면
서.

랑 크 물론이죠, 어서 말씀해 보세요.

노 라 말씀드리지 못하겠어요, 선생님. 너무나 엄청
난, 단순한 호의뿐 아니라 조언과 협조를 부탁
해야 할 일이라서요.

랑 크 그러면 더욱 좋아요. 무슨 말씀을 하려는지 전
혀 생각할 수 없군요. 아무튼 어서 말씀해 보세
요! 제가 그렇게 신용이 없는 사람인가요?

노 라 아녜요. 다른 누구보다 믿어요. 선생님은 나의

가장 훌륭하고 진정한 친구라고 알고 있어요. 때문에 선생님께 말씀드리려는 거죠. 선생님, 어떤 일을 제지하는데 절 도와 주서야 해요. 선생님은 토르발트가 얼마나 마음속으로 절 사랑하는지 아시죠. 그이는 날 위해 생명을 바치는 데에 한순간도 주저하지 않을 거예요.

랑 크 (그녀를 향해 몸을 굽히고) 노라, 그럴 사람이 그 친구뿐이라고 생각하세요?

노 라 (약간 충격을 받은 듯) 무슨 말씀을?

랑 크 기꺼이 당신을 위해 생명을 바칠 사람이 말예요?

노 라 (우울한 기분으로) 아, 그래요.

랑 크 난, 내가 죽기 전에 그걸 부인께 보여 줘야 한다고 굳게 다짐했어요. 이보다 더 좋은 기회는 결코 발견할 수 없었을 거예요. 자, 노라, 이제 아셨지요. 그리고 다른 어떤 사람보다도 나에게 속마음을 토로할 수 있다는 사실도.

노 라 (다른 생각 없이 조용히 일어선다) 잠깐 실례하겠어요.

랑 크 (그녀에게 자리를 비켜 주고 계속 앉아 있다) 노라.

노 라 (문간에서 현관방을 향해) 헬레네, 램프를 가져와요. (난롯가로 간다) 아, 선생님, 정말 당치도 않는 말씀을 하셨어요.

랑 크 (몸을 일으킨다) 다른 누구처럼 내가 당신을 마
       음속으로 사랑한 것이 그게 당치도 않다는 건가
       요?

노 라 아녜요, 하지만 그런 얘길 제게 하시다니, 전
       혀 그럴 필요가 없었어요.

랑 크 무슨 얘길 하려는 거죠? 그러면 뭘 알고 있었
       다는 건가요?

헬레네 (램프를 갖고 와서 테이블 위에 놓고 다시 나간다)

랑 크 노라, 헬메르 여사, 뭘 알고 있었단 말입니까?

노 라 아, 알긴 뭘 알아요. 알고 모르고 할 게 뭐가
       있어요? 전 선생님께 정말 말씀드릴 수 없어요.
       그렇게 서투른 말씀을 하시다니. 선생님, 모든
       게 아주 좋았었는데…….

랑 크 어쨌든 이제 부인께선, 내가 몸과 마음을 바쳐
       부인의 뜻에 따른다는 확신을 갖게 되었어요.
       자 얘기하세요.

노 라 (그를 바라본다) 이제 또?

랑 크 제발 부탁이니 무슨 얘긴지 말해 줘요.

노 라 이제 더 이상 아무 말씀 드릴 수 없어요.

랑 크 그러지 말고 제발, 그렇게 날 괴롭히지만 마시
       고 인간의 힘으로 할 수 있는 일이라면, 무슨

일이든지 부인을 위해 할 수 있도록 해 주세요.

노 라 이제 절 위해 할 수 있는 일은 아무것도 없어요. 그리고 난 남의 도움이 필요치 않아요. 모든 게 망상에 지나지 않는다는 걸 곧 아시게 될 거예요. 물론이죠! (흔들의자에 앉아 그를 바라보면서 미소짓는다) 네, 선생님은 정말 좋은 친구예요. 이제 램프가 있으니 부끄럽지 않으세요?

랑 크 아니오, 정말 그렇지 않아요. 그런데 이제 가 봐야 할 것 같아요. 영원히?

노 라 아녜요, 그래선 안 돼요. 선생님은 여느 때처럼 우리 집에 오셔야 해요. 왜 알잖아요, 토르발트는 선생님이 안 계시면 곤란하다는 걸.

랑 크 네, 그러나 부인께선?

노 라 오, 선생님이 오시면 전 언제나 즐거운걸요.

랑 크 바로 그 점이 절 그릇된 방향으로 유혹했던 거예요. 당신은 정말 수수께끼 같은 존재요. 이따금 나는 당신이 나와 함께 있는 것을 헬메르와 같이 있을 때와 거의 같은 정도로 좋아한다는 생각을 할 때가 있었지요.

노 라 네, 사람이란 인간을 사랑하면서도, 또 다른 사람과 함께 있기를 좋아하는 존재랍니다.

랑 크 네, 그 얘기도 일리가 있는 것 같긴 하군요.

노 라 제가 시집오기 전에 물론 아빠를 제일 사랑했
      지요. 그러나 몰래 하녀의 방으로 들어가는 일
      이 언제나 그렇게 재미있었어요. 우선 거기선
      아무도 내게 설교를 하려 들지 않았고 언제나
      즐거울 수가 있었지요.

랑 크 아하, 그러니까 나도 그와 같은 존재란 말이
      죠?

노 라 (펄쩍 뛰어 그에게로 달려간다) 오, 훌륭하신 선생
      님. 전 그런 뜻이 아니었어요. 그러나 선생님은
      저와 토르발트와의 관계가 아빠와의 관계와 비
      슷하다는 걸 느끼시죠.

헬레네 (현관방에서 나온다) 마님! (노라에게 뭔가 속삭이고
      는 명함을 한 장 건네 준다)

노 라 (명함에 시선을 주고는) 아! (명함을 주머니에 집어
      넣는다)

랑 크 무슨 불쾌한 일이라도?

노 라 아녜요, 절대로 아녜요. 다른 게 아니라, 내
      새 의상이…….

랑 크 뭐라구요? 의상은 저기 있잖아요.

노 라 네, 저기 의상이……. 하지만 이건 다른 거예
      요. 주문을 했었죠. 토르발트가 알면 안 돼요.

랑 크 아하, 그러니까 우린 커다란 비밀을 갖고 있군

요.

노 라 네, 그래요. 저 안쪽에 그이한테로 가 보세요.
두번째 방에 있어요. 좀 오래 붙들고 계셔 줘요.

랑 크 염려 말아요. 그 친구, 내게서 벗어나지 못할
테니까. (헬메르의 방으로 퇴장)

노 라 (헬레네에게) 그래 그 사람 부엌에서 기다렸어?

헬레네 네, 뒤쪽 계단을 타고 올라왔어요.

노 라 그런데 손님이 있다고 얘기하지 않았어?

헬레네 웬걸요, 하지만 소용 없었어요.

노 라 돌아가려 하지 않았단 말이지?

헬레네 네, 마님과 얘기를 끝내기 전에는요.

노 라 그럼 들어오시라고 해, 조용히. 그리고 아무에
게도 이 사실을 얘기해선 안 돼, 헬레네. 남편
이 알면 깜짝 놀라실 테니까.

헬레네 네, 네, 알았어요. (퇴장)

노 라 드디어 올 것이 오는구나. 그래, 올 테면 오라
지. 아니야, 아니야, 아니야. 그런 일이 있을 수
도 일어나서도 안 돼!

헬메르의 방문 앞으로 가서 빗장을 지른다. 헬레
네, 크로그스타트에게 현관문을 열어 주고 뒤에서
닫는다. 그는 여행용 외투와 높은 장화, 그리고 모
피 모자를 쓰고 있다.

제 8 장

노라, 크로그스타트.

노 라 (그를 향해) 조용히 말씀하세요. 남편이 집에
　　　계시니까요.

크로그스타트 뭐, 들으면 어때요?

노 라 무슨 용건이지요?

크로그스타트 어떤 결정을 내리려고요.

노 라 어서 말씀하세요. 뭐예요?

크로그스타트 내가 해고장을 받았다는 걸 분명히 알
　　　고 계시죠.

노 라 어떻게 막을 도리가 없었어요, 크로그스타트
　　　씨. 끝까지 당신 문제 때문에 싸웠지만 성과가
　　　없었어요.

크로그스타트 댁의 남편께선 당신을 사랑하지 않는
　　　모양이군요? 그 양반은 내가 부인에게 어떤 행
　　　동을 하려는지 잘 알 텐데, 그럼에도 감히…….

노 라 제가 그 문제를 남편에게 얘기한 줄 아세요?

크로그스타트 아녜요, 나도 그렇게 생각지 않았죠. 얌
전한 토르발트 헬메르로선 그만한 남자의 도량
을 보이기가 어려울 거예요.

노 라 크로그스타트 씨, 제 남편에 대한 예의를 지켜
주십시오.

크로그스타트 네, 아무렴요. 모든 마땅한 경의를 표하
죠. 그러나 사모님께서 그 문제를 그토록 초조
하게 비밀로 하는 것을 보니, 당신께서 하신 일
을 어제보다 오늘 더 잘 아실 것 같군요?

노 라 당신이 설명하시지 않아도 더 잘 알고 있어요.

크로그스타트 물론, 나와 같이 좋지 못한 법률가
는…….

노 라 무슨 용건이세요?

크로그스타트 그저 부인의 안부가 궁금해서요, 헬메르
여사. 전 하루 종일 부인을 생각했답니다. 출납
계 직원이며 엉터리 변호사인 나와 같은 사람도
양심은 살아 있답니다.

노 라 그럼, 그걸 표시해 주세요. 제 아이들을 생각
해 보세요.

크로그스타트 댁의 남편께선 우리 아이들을 생각했던
가요? 그 애긴 그만둡시다. 전 부인에게, 이 문

제를 너무 진지하게 받아들일 필요가 없다는 걸 말씀드리고 싶어요. 우선 그 문제로 내 편에서 소송을 걸진 않을 테니까요.

노 라 아 그래요, 정말이세요? 그럴 줄 알았어요.

크로그스타트 그 일은 좋은 방향으로 처리될 수 있어요. 사람들 입에 오르내릴 필요가 없어요. 어디까지나 우리 세 사람의 문제이니까.

노 라 남편에게 그 문제를 알릴 수는 없어요.

크로그스타트 어떻게 그걸 막으시려는 거예요. 나머지 금액을 지불할 수 있단 말입니까?

노 라 아녜요, 지금 당장은 안 돼요.

크로그스타트 있다 해도 부인껜 아무 소용이 없는 일이에요. 그렇게 많은 돈을 현찰로 손에 쥐고 있다 해도 당신의 채무증서는 돌려받지 못할 거예요.

노 라 대체 그걸 갖고 어떻게 하시려는 거죠?

크로그스타트 그냥 쥐고 있는 거죠— 제 수중에 보관한단 말입니다. 상관없는 사람은 알 필요도 없어요. 그렇다고 부인께선 어떤 절망적인 결정을 내리거나…….

노 라 그래요.

크로그스타트 아니면 남편과 아이들 곁을 떠날 생각

     을 품는다면……．

노 라 네, 그렇게 할 거예요.

크로그스타트 또는 그보다 더 좋지 못한 생각을 지니
     고 있다면.

노 라 어떻게 그렇게 잘 아시죠?

크로그스타트 모든 그런 생각들을 버리십시오.

노 라 제가 그런 생각을 하고 있다는 걸 어떻게 아
     세요?

크로그스타트 우리 대부분의 인간들은 처음엔 모두
     그런 생각을 하게 되죠. 나도 그랬으니까요. 하
     지만 난 용기가 없었죠.

노 라 (맥 없이) 저도 그래요.

크로그스타트 (다소 안심한 듯) 네, 그렇지요. 부인은
     그럴 용기가 없어요. 부인도 역시.

노 라 전 용기가 없어요, 용기가 없단 말이에요.

크로그스타트 용기가 있다 해도 그건 어리석은 짓이
     죠. 집안의 풍파가 지나고 나면 곧, 제 주머니
     에 댁의 남편에게 보낼 편지가 있어요.

노 라 그럼 그 속에 모든 사실이?

크로그스타트 가능한 한 부드러운 표현으로.

노 라 (빨리) 편지를 전해 줘선 안 돼요, 찢어 버리세
     요. 돈을 마련해 드리겠어요.

크로그스타트   용서하세요, 헬메르 여사. 전 이미 말씀
드린 줄로 알고 있는데.

노　라   전 당신께 빚진 돈에 관해 얘기하는 게 아니
에요. 당신이 남편에게 요구하는 금액을 말씀하
세요. 제가 마련해 드릴 테니까요.

크로그스타트   전 댁의 남편에게 돈을 요구하는 게 아
니에요.

노　라   그러면 뭐예요?

크로그스타트   말씀드리죠. 난 다시 일어서고 싶어요,
헬메르 여사. 다시 위를 향해 일어서고 싶단 말
입니다. 그러기 위해선 댁의 남편이 날 도와 줘
야 해요. 난 1년 반 동안 불명예스러운 짓이라
곤 한 번도 범하지 않았어요. 그 동안 줄곧 몹
시 어려운 생활을 꾸려 왔죠. 한걸음 한걸음 앞
으로 나아가는 것이 즐거웠죠. 이제 난 쫓겨났
지만, 다시 호의를 베풀어 그 자리에 다시 받아
주는 것만으론 만족하지 않아요. 좀더 위를 향
해 치닫고 싶단 말입니다. 은행에 다시 들어가
더라도, 좀더 높은 지위를 갖고 싶어요. 댁의
남편께서 나를 위해 한 자리 마련해 줘야 합니
다.

노　라   그이는 결코 그러지 않을 거예요.

크로그스타트 그 사람은 해요, 난 잘 알아요. 그 친구
  는 감히 투덜거리지 못할 거요. 내가 그 친구와
  함께 있게 되면 곧 아실 거예요. 1년이 가기 전
  에 난 은행장의 오른팔이 될 겁니다. 토르발트,
  헬메르가 아닌 닐스 크로그스타트가 주식은행을
  이끌어 갈 거요.

노 라 결코 그렇게 되지 않을 거예요!

크로그스타트 혹시 부인께서……?

노 라 네, 전 용기가 있어요.

크로그스타트 오, 겁주지 마세요. 부인같이 가냘프고
  곱게 자란 여자가…….

노 라 두고 보세요. 틀림없이 아시게 될 거예요!

크로그스타트 얼음 속으로? 시커멓고 차가운 물 속으
  로? 그리고 봄이 되어 강가에 떼밀려 온 그 모
  습은 흉하고 형체를 알아볼 수 없으며, 머리는
  풀어 흩어지고…….

노 라 무섭지 않아요.

크로그스타트 저 역시 그래요. 그런 짓은 하지 않는
  게 좋아요, 헬메르 여사. 그게 무슨 소용이 있
  겠어요? 어쨌든 전 그것을 주머니에 지니고 있
  으니까.

노 라 그때까지도? 내가 이제 더 이상 존재하지 않

는데도⋯⋯?

크로그스타트 부인의 명예가 제게 달려 있다는 걸 잊고 계시는군요.

노 라 (말 없이 그를 노려본다)

크로그스타트 그럼, 이제 마음의 준비가 되셨겠지요. 어리석은 짓은 하지 마세요. 헬메르가 내 편지를 읽은 다음 곧 회답이 있기를 기다리겠어요. 잘 생각하셔서 댁의 남편께서 다시는 나로 하여금 이런 길을 걷지 않게 해 주십시오. 안녕히 계십시오, 헬메르 여사.

　　　　현관을 지나 퇴장.

제 9 장

노라, 그리고 린데 부인.

노 라 (급히 문으로 달려가 문을 조금 열고는 귀를 기울인
다) 가는구나. 편지는 전하지 않고 그래. 그래,
그건 있을 수 없는 일이지. (문을 점점 더 연다)
그런데 왜 저러지? 계단을 내려가지 않고 멈춰
서 있잖아. 무슨 생각을 하는 걸까? 그렇다면
저 사람이……? (편지함에 편지가 떨어진다. 크로그
스타트의 발자국 소리가 층계 위에서 사라진다)
     (흐릿한 소리를 내지르며 방을 지나 소파 테이블로
달려간다. 잠깐 사이)
     편지함 속에 (조심스럽게 현관방 문으로 다가간다)
편지가 들어 있어! 토로발트, 토르발트, 이제 우린
끝장이에요!〉

린데 부인 (의상을 갖고 왼쪽 방에서 나온다) 자, 이제 모
두 고쳤어. 한 번 입어 볼 테야?

노 라 (목쉰 소리로, 조용히) 크리스티네, 이리 좀 와.

린데 부인 (옷을 소파에 던진다) 어디 아프니? 몹시 심
      란해 보이는구나.

노 라 이리 와 봐, 편지가 보이지? 유리로 된 저 편
      지함 속에.

린데 부인 그래, 그래, 보여.

노 라 크로그스타트의 편지야.

린데 부인 노라, 크로그스타트가 네게 돈을 빌려 줬구
      나!

노 라 그래, 이제 토르발트는 모든 걸 알게 될 거야.

린데 부인 노라, 그게 너희 부부를 위해선 가장 좋은
      거야.

노 라 넌 아직 잘 몰라. 난 서명을 위조했단 말이야.

린데 부인 아이고머니!

노 라 이제 남은 건 단 한 가지야. 크리스티네, 네가
      나의 증인이 되어 줘야 해.

린데 부인 어떤 증인이? 내가 뭘?

노 라 내가 이성을 잃어버리면 그렇게 되기 쉬울 거
      야.

린데 부인 노라!

노 라 아니면 우리가 어떤 다른 일에 부닥치게 되거
      나, 혹시 내가 나중에 여기 없게 되는 경우
      에……

린데 부인 노라, 노라, 너 정말 정신 나갔구나.

노 라 그래서 누군가 그 모든 책임을 떠맡게 될 때, 모든 죄를 말이야.

린데 부인 그래, 그래. 하지만 어떻게 그런 생각을?

노 라 그렇게 되면 사실이 그렇지 않다는 걸 네가 증명해 줘야 돼, 크리스티네. 난 지금 얘기하는 걸 너무나 잘 알고 있어. 온전한 정신으로 얘기하는 거야. 네게 얘기하지만, 그 누구도 그 문제엔 상관이 없어. 나 혼자서 모든 걸 저지른 거야. 그걸 잊지 마!

린데 부인 잊지 않겠어. 그런데 도대체 뭐가 뭔지 모르겠어.

노 라 네가 어떻게 알 수 있겠니! 아무튼 이제 놀라운 일이 벌어질거야.

린데 부인 놀라운 일이라고?

노 라 그래, 놀라운 일이. 하지만 그건 너무나 두려운 일이야. 크리스티네, 어떤 일이 있어도 결코 이런 일이 일어나선 안 되는데…….

린데 부인 당장 가서 크로그스타트와 얘기해야겠어.

노 라 그 자에겐 가지 마, 네게도 무슨 해를 끼칠지 몰라.

린데 부인 그 사람이 날 위해 모든 걸 바치던 시절도 있었어.

노 라 그 사람이?

린데 부인 지금 어디 살지?

노 라 아, 내가 어떻게 알아. 가만. (주머니를 뒤진다)
여기 그 자의 명함이 있어. 그러나 그 편지는,
그 편지는……!

제 10 장

앞 장면의 사람들, 방 밖에 헬메르.

헬메르   (자기 방에서, 문을 두드린다) 노라!

노 라   (겁에 질려 소리친다) 네, 무슨 일이세요?

헬메르   응, 그렇게 놀라지 말아요. 들어가지 않을 테
니까. 문을 잠가 버렸잖아. 아마 옷을 입어 보
는 중이겠지?

노 라   그래요, 옷을 입어 보고 있어요. 정말 훌륭해
요, 토르발트.

린데 부인   (명함을 읽고는) 바로 여기 모퉁이에 사는군.

노 라   그래, 하지만 소용없어. 우린 끝장이야. 그 편
지가 함 속에 들어 있는걸.

린데 부인   열쇠는 네 남편이 갖고 있고?

노 라   그래, 항상.

린데 부인   크로그스타트가 그 편지를 읽지 않은 채
되돌려 받도록 해야 돼. 어떤 구실을 붙여서라

　　　도.

노　라　그런데 이때쯤이면 항상 토르발트는…….

린데 부인　편지함에 접근하지 않도록 해야 돼. 그 동
　　　안 그 사람에게 다녀올 테니. 가능한 한 빨리
　　　돌아오겠어. (현관을 통해 급히 퇴장)

노　라　(헬메르의 방문 앞으로 간다, 문을 열고 들여다본다)
　　　토르발트!

제 11 장

노라, 헬메르, 그리고 랑크.
나중에 린데 부인과 헬레네.

헬메르 (뒷방 안에서) 자, 이제야 자기 방으로 다시 갈 수 있겠군? 이리 오게, 랑크. 우리 한 번 보자구. (문에서) 그런데 이게 어떻게 된 거야?

노 라 뭘 말이에요, 토르발트?

헬메르 랑크가 굉장한 가장무도회의 한 장면을 구경할 거라고 했는데…….

랑 크 (문에서) 나도 그렇게 알았어, 뭐가 잘못된 모양이야.

노 라 아녜요, 내일 저녁까진 내 모습을 보고 놀라실 기회가 없을 거예요.

헬메르 그런데, 노라, 몹시 피로해 보여요. 연습을 너무 많이 했소?

노 라 아녜요, 아직 전혀 연습하지 않았어요.

헬메르 그러나 연습은 꼭 필요한 건데.

노 라 네, 필요하고말고요, 토르발트. 하지만 당신
 도움 없이는 곤란해요. 모두 잊어 버렸어요.

헬메르 우리 함께 하면 곧 새로이 떠오르겠지.

노 라 네, 도와 주세요, 토르발트. 약속하시죠? 아,
 전 몹시 불안해요. 그 많은 손님들……. 오늘
 저녁은 오로지 저를 위해서 모든 시간을 바쳐야
 해요. 다른 일은 하지 마세요. 펜을 건드리지도
 마시고, 네? 그렇지요, 토르발트?

헬메르 약속하지. 오늘 저녁은 오로지 당신 지시에 따
 르겠소. 이 가엾은 아기 응, 정말, 우선 할 일이
 있지. (현관 방문을 향해 간다)

노 라 밖에서 뭘 하시려는 거예요?

헬메르 그냥, 편지가 왔나 보려고.

노 라 안 돼요, 안 돼요. 가시지 마세요, 토르발트!

헬메르 왜 그러지?

노 라 토르발트, 부탁이에요. 한 장도 없어요.

헬메르 그래도 한 번 봐야겠소. (가려 한다)

노 라 (피아노 앞에서 타란텔라의 첫 소절을 친다)

헬메르 (문 앞에 멈춰 서서) 아하!

노 라 전 미리 연습을 하지 않으면 내일 춤을 출 수
 없어요.

헬메르 (그녀에게 다가간다) 그렇게 걱정이 되오, 노라?

노 라 네, 몹시. 곧 연습하도록 해요. 식사하기 전에 아직 시간이 있어요. 여기 앉아서 반주해 주세요, 토르발트. 잘못되거든 고쳐 주세요. 그리고 언제나 그러듯이 윙크해 주세요.

헬메르 당신이 원한다면, 기꺼이. (피아노 앞에 앉는다)

노 라 (상자에서 탬버린과 길고 화려한 숄을 꺼낸다. 숄을 급히 몸에 두른다. 그리곤 펄쩍 뛰어 무대 앞쪽으로 가 선다. 소리친다)
자, 반주하세요. 이제 춤을 추겠어요!

헬메르는 반주를 하고 노라는 춤을 춘다. 랑크 의사는 피아노 앞 헬메르 뒤에 서서 구경한다.

헬메르 (반주하면서) 좀더 천천히, 더 천천히.

노 라 그렇게 되질 않아요.

헬메르 너무 성급하게 추지 말아요, 노라.

노 라 바로 이렇게 춰야 해요.

헬메르 (반주를 그친다) 안 돼, 안 돼. 이래선 아무것도 안 되겠어.

노 라 (웃으며 탬버린을 흔든다) 그러기에 제가 뭐라고 그랬어요?

랑 크 내가 한 번 반주해 보지.

헬메르 (일어선다) 그래, 해보게나. 그러면 내가 보다
잘 교정해 줄 수 있을 거야.

     랑크, 피아노 앞에 앉아 연주한다. 노라, 점점 더
거칠게 춤을 춘다. 헬메르, 난로 앞에 서서 노라가
춤추는 동안 자주 교정의 지시를 한다. 노라, 그 말
에 귀를 기울이는 것 같지 않다. 그녀의 머리는 풀
어져 어깨를 덮는다. 그래도 아랑곳하지 않고 계속
춤을 춘다. 린데 부인이 등장한다.

린데 부인 (말문이 막힌 듯 문 앞에 서 있다) 아!

노 라 (춤추면서) 재미있지, 크리스티네!

헬메르 이것 봐요, 노라. 당신은 마치 생사(生死)를
걸고 춤을 추는 것 같아요.

노 라 사실이 그래요.

헬메르 랑크, 그만 해. 이건 순전히 미친 짓이야! 그
만두라니깐. (랑크, 반주를 그친다. 노라, 갑자기 멈
춰 선다)

헬메르 (그녀에게로 간다) 정말 이건 믿을 수 없는
데……. 당신은 내가 가르쳐 준 걸 모두 잊어
버렸소.

노 라 (탬버린을 던진다) 그러기에 직접 보시라는 거
아니에요.

헬메르 아무튼 처음부터 다시 시작해야겠소.

노 라 네, 이제 연습이 필요하다는 걸 아셨지요? 끝까지 저와 함께 연습해야 해요. 약속하시죠, 토르발트?

헬메르 그래요, 믿어도 좋아요.

노 라 당신은 오늘과 내일, 나 외에 다른 걸 생각하시면 안 돼요. 편지를 뜯어 봐도 안 되고, 편지함조차도…….

헬메르 아하, 아직도 그 자에 대해 불안해하는 모양이군.

노 라 네, 네, 그것도 그래요.

헬메르 노라, 당신 표정을 보니 그 사람에게서 편지가 온 모양이군.

노 라 모르지만 그런 것 같아요. 하지만 그런 걸 지금 읽어선 안 돼요. 모든 게 끝나기 전에 우리들 사이에 불쾌한 일이 있어선 안 되니까요.

랑 크 (헬메르에게 조용히) 자네, 노라의 말을 따라야 하네.

헬메르 (팔로 그녀를 감싼다) 아기는 고집이 있어야지. 그러나 내일 밤, 당신이 춤을 추고 나면?

노 라 그때부턴 자유예요.

헬레네 (오른쪽 문에서) 마님, 식사 준비가 됐습니다.

노 라 우린 샴페인을 마시겠어, 헬레네.

헬레네 네, 마님. (퇴장)

헬메르 어, 그러니까 격식을 갖춘 연회를?

노 라 네, 샴페인을 곁들인 연회예요. 내일 아침 날이 밝을 때까지. (밖을 향해 소리친다) 그리고 마카로니도 좀, 헬레네. 많이, 많이, 이번 한 번만.

헬메르 (그녀의 두 손을 쥔다) 그래, 그래, 그렇게 거칠게 굴지 말아요. 이제 이전처럼 상냥하고 귀여운 종달새로 돌아가야지.

노 라 아, 네. 벌써 그렇게 된걸요. 이제 안으로 들어가세요, 그리고 의사선생님도. 크리스티네, 머리 좀 만져 줘.

랑 크 (걸어가면서 조용히) 설마 무슨 일이야 없겠지. 내 말은 어떤 다급한 일이라도?

헬메르 천만에, 랑크. 이건, 자네에게 얘기했던 어린애 같은 고집이야. (두 사람 오른쪽으로 퇴장)

노 라 어떻게 됐어?

린데 부인 여행을 떠났대.

노 라 그럴 줄 알았어.

린데 부인 내일 저녁에야 돌아온대. 쪽지를 써놓고 왔지.

노 라 그렇게 하지 않았으면 좋았을 텐데. 네가 그래
        봐야 아무 소용없어. 아무튼 놀라운 일을 기대
        한다는 것은 멋진 일이야.
린데 부인 대체 뭘 기다린다는 거야?
노 라 아, 넌 몰라. 자, 안으로 들어가 봐. 나도 곧
        갈게. (린데 부인, 식당으로 간다)

제 12 장

노라, 그리고 헬메르.

노 라 (정신을 집중하려는 듯, 잠깐 그대로 서 있다. 그리곤
시계를 본다) 다섯 시라, 자정까진 아직 일곱 시
간이 있군. 그리고 내일 자정까진 또 스물네 시
간. 그렇게 되면 타란텔라 춤은 끝나는 거지.
스물네 시간하고 일곱 시간? 아직 서른 한 시간
은 살 수 있구나!

헬메르 (오른쪽 문에서) 그런데 내 귀여운 종달새는 어
디 있지?

노 라 (팔을 벌리고 그에게로 달려간다) 여기 있어요.

제 3 막

　같은 방, 응접 테이블과 그 주위의 의자들이 이젠
무대 중앙의 앞쪽에 있다. 테이블 위엔 램프가 켜져
있고 현관 방문은 열려 있다. 위층에서 무도 음악이
들린다.

제 1 장

린데 부인, 크로그스타트.

린데 부인, 테이블 앞에 앉아 건성으로 책장을 넘기고 있다. 읽으려고 하지만 생각이 집중되지 않는 것 같다. 다시 긴장해서 대문 쪽을 엿본다.

린데 부인   (시계를 본다) 아직 오질 않는군. 지금이 가장 좋은 때인데. 만약 오지 않는다면 (다시 엿본다) 아, 오는구나.

（현관으로 가서 조심스럽게 대문을 열어 준다. 계단을 조심스럽게 올라오는 소리, 그녀가 속삭인다) 들어오세요. 아무도 없어요.

크로그스타트   (문에서) 집에 가니 쪽지가 있더군요. 무슨 용건이죠?

린데 부인   무조건 당신과 얘기 좀 해야겠어요.

크로그스타트   그래요? 그런데 꼭 여기서 해야 하나요?

린데 부인　우리 집에선 어려워요. 내 방은 다른 별도
　　　의 입구가 없거든요. 들어오세요, 우리 둘뿐이
　　　에요. 하녀는 잠들었고 헬메르 씨 내외는 위층
　　　무도장에 있어요.

크로그스타트　(방으로 들어온다) 헬메르 내외가 오늘 저
　　　녁에 춤을 춘다구요? 정말이에요?

린데 부인　네, 못 출건 뭐예요?

크로그스타트　맞았어요. 못 출건 없죠.

린데 부인　자, 이제, 크로그스타트, 우리 얘기 좀 합
　　　시다.

크로그스타트　우리 둘이 뭘 또 할 얘기가 있나요?

린데 부인　할 얘기가 너무 많지요.

크로그스타트　그럴 것 같지 않은데…….

린데 부인　한 번도 당신이 절 제대로 이해하지 못했
　　　기 때문이죠.

크로그스타트　너무나 명백한 문제에 이해할 게 뭐가
　　　많아요? 한 무정한 여자가 보다 유리한 상대가
　　　나타나니까, 이전 남자를 차 버린 거죠.

린데 부인　절 무정하다고 생각하세요? 제가 가벼운
　　　마음으로 우리 관계를 깨트린 줄 아세요?

크로그스타트　아니면?

린데 부인　크로그스타트, 정말 그렇게 생각하셨어요?

크로그스타트 사실이 그렇지 않았다면, 왜 그 당시 제게 편지 한 장 쓰지 않았죠?

린데 부인 달리 어쩔 수가 없었어요. 난 당신과 관계를 끊어야 했기 때문에, 당신의 마음에서 나라는 존재를 뿌리째 뽑아 버리는 것이 내 의무라고 생각했어요.

크로그스타트 (그의 두 손에 힘을 준다) 그러니까 단지 돈 때문에.

린데 부인 제겐 의지할 곳 없는 어머니와 어린 두 동생이 있었다는 걸 잊어선 안 돼요. 크로그스타트, 우린 당신을 기다릴 수 없었어요. 당신은 그 당시 너무나 장래성이 없었으니까요.

크로그스타트 그랬을지도 모르지. 그러나 당신은 다른 사람 때문에 나를 차 버릴 권리는 없었소.

린데 부인 네, 모르겠어요. 제가 그럴 권리가 있는지 몇 번이고 스스로 자문해 보았어요.

크로그스타트 (보다 조용히) 내가 당신을 잃었을 때, 난 내가 딛고 있는 탄탄한 대지가 발 아래로 꺼져 버리는 것만 같았소. 내 모습을 보시오. 난 지금 난파된 뱃조각에 의지한 조난자요.

린데 부인 구원의 손길이 가까이 있었을 텐데.

크로그스타트 가까이 있었죠. 그런데 당신이 나타나서

　　　　내 길을 막아 버렸소.

린데 부인　나도 모르는 일이었어요, 크로그스타트. 오늘 비로소 내가 당신의 자리를 차지한다는 걸 알았어요.

크로그스타트　그렇게 얘기하니 당신을 믿겠소. 그런데 그 사실을 안 지금 물러설 용의는 없소.

린데 부인　네, 왜냐하면 그렇게 한들 당신에게 아무런 소용이 없을 테니까요.

크로그스타트　아, 소용이라. 그래도 그렇게 돼야겠소.

린데 부인　전 합리적으로 행동하는 걸 배웠어요. 인생과 쓰디쓴 냉혹한 현실이 그렇게 가르쳐 줬지요.

크로그스타트　난 허튼 소리는 믿지 않는다고 배웠소.

린데 부인　그러니까 당신도 뭔가 합리적인 것을 배웠군요. 하지만 행동으로라면 확실히 믿을 수 있겠죠?

크로그스타트　무슨 뜻이죠?

린데 부인　당신은 난파된 뱃조각에 의지한 조난자라고 하셨죠?

크로그스타트　충분히 그럴 이유가 있어요.

린데 부인　저도 조난을 당했어요. 제겐 누굴 슬퍼할 사람도, 염려해 줄 사람도 없어요.

크로그스타트 당신이 스스로 택했으니까.

린데 부인 그 당시엔 다른 방도가 없었어요.

크로그스타트 그래서……. 계속하세요.

린데 부인 크로그스타트, 우리 두 조난자가 서로 의지
할 수 있다면…….

크로그스타트 무슨 애길 하는 거죠?

린데 부인 난파된 뱃조각 위에 선 두 사람이, 혼자 허
우적거리는 것보다 더 힘이 될 수 있어요.

크로그스타트 크리스티네!

린데 부인 왜 제가 이 도시로 왔다고 생각하세요?

크로그스타트 나를 생각하기라도 했단 말이오?

린데 부인 전 생계를 꾸려 가기 위해 일하지 않으면
안 되었어요. 제가 기억할 수 있는 한 지금까지
의 제 생애는 오로지 일하는 것이었고, 또 그것
이 저의 가장 큰 유일한 기쁨이었어요. 그러나
이젠 전 이 세상에서 쓸모 없고 버림받은 외톨
이가 되었어요. 자기 자신만을 위해 일하는 것
은 아무런 재미도 없어요. 크로그스타트, 제가
누군가를 위해서 일할 수 있는 그런 사람을 제
게 안겨 주세요!

크로그스타트 그 말을 믿을 수가 없소. 스스로 자기를
희생하고자 하는 것은 터무니없는 여자들의 일

시적 기분일 뿐이오.

린데 부인   제가 지금까지 터무니없는 얘길 한 적이 있었나요?

크로그스타트   그러면 내가 이곳에서 어떤 사람으로 여겨지고 있는지 아시나요?

린데 부인   전에, 당신이 저와 함께라면 다른 사람이 될 수도 있었을 거라고 암시한 적이 있었잖아요?

크로그스타트   분명히 그랬소.

린데 부인   지금이라도 그렇게 될 수 없을까요?

크로그스타트   크리스티네! 충분히 생각한 끝에 하는 얘기요? 그래, 당신 얼굴을 보니 그런 것 같아요. 그러니까 정말 용기가 있단 말인가요?

린데 부인   전 누군가를 위해 살아갈 수 있는 어떤 상대가 필요해요. 그리고 당신의 아이들은 어머니가 필요하고요. 우리 두 사람은 서로 필요한 존재예요. 크로그스타트, 전 당신의 맘속에 깃든 선량한 기질을 믿고 있어요. 당신과 함께라면 뭐든지 하겠어요.

크로그스타트   (그녀의 손을 잡는다) 고맙소, 고맙소, 크리스티네. 이제 나도 사람들 앞에서 떳떳하게 행세할 수 있게 됐소. 아, 그런데 한 가지 잊은

게 있어요.

린데 부인 (귀를 기울인다) 쉿! 타란텔라 춤이에요. 이
   제 가세요, 어서요!

크로그스타트 왜요, 무슨 얘기요?

린데 부인 저 위층에서 무도곡이 들리죠? 저 춤이 끝
   나면 그들이 돌아와요.

크로그스타트 그래, 그래 가겠소. 하지만 모든 일이
   허사요. 내가 헬메르 가족에 대해 어떤 일을 꾀
   했는지 모르지요?

린데 부인 아녜요, 크로그스타트. 알고 있어요.

크로그스타트 그래도 용기가 있단 말이요?

린데 부인 절망에 빠지면 당신과 같은 남자는 어떻게
   되는지 전 알고 있어요.

크로그스타트 오, 그런 일이 생기지 않게 할 수 있다
   면!

린데 부인 아직 할 수 있어요. 당신의 편지가 지금도
   편지함 속에 들어 있으니까요.

크로그스타트 그게 정말이요?

린데 부인 네, 그러나…….

크로그스타트 (그녀의 표정을 살핀다) 이렇게도 생각할
   수 있겠군요? 당신은 어떻게 해서든지 당신의
   친구를 구하려고 한다고. 솔직히 말해 봐요. 내

말이 맞지요?

린데 부인 크로그스타트, 한 번 남을 위해 자신을 팔
아 버린 자는 다시는 그 짓을 하지 않아요.

크로그스타트 내 편지를 다시 돌려받겠소.

린데 부인 안 돼요, 안 돼요.

크로그스타트 아니오, 그렇게 하겠소. 헬메르가 내려
올 때까지 여기서 기다리겠소. 그래서 내 편지
를 돌려받겠소. 난 그 사람에게, 편지의 내용은
단지 나의 해고에 관한 것이라고 얘기하겠소.
편지를 읽지 못하도록 하겠소.

린데 부인 아녜요, 크로그스타트. 편지를 되돌려 받아
선 안 돼요.

크로그스타트 하지만, 그게 바로 날 불러들인 이유가
아니오?

린데 부인 네, 처음엔. 하지만 그 후로 24시간 이상
이 흘렀어요. 그리고 난 여기 이 집에서 도저히
믿을 수 없는 일들을 보았어요. 헬메르는 모든
걸 알아야 해요. 불쾌한 비밀은 밝혀져야 해요.
두 사람 사이에는 깨끗이 해결되어야죠. 숨기고
구실을 붙여서는 화해란 불가능하니까요.

크로그스타트 그럼 좋아요, 꼭 그렇게 하겠다면. 아무
튼 나로선 한 가지 일은 할 수 있겠지요. 그것

도 즉시.

린데 부인 (귀를 기울인다) 어서 가세요, 가세요! 춤이 끝났어요. 이제 일순간도 여유가 없어요.

크로그스타트 저 아랫집 앞에서 당신을 기다리겠소.

린데 부인 네, 그렇게 하세요. 저를 바래다 줘야 해요.

크로그스타트 지금까지 이렇게 행복한 적은 한 번도 없었소.

크로그스타트 퇴장. 방과 현관 사이의 문이, 다음 장면이 계속되는 동안 열려 있다.

제 2 장

린데 부인, 헬메르, 노라.

린데 부인 (대충 방안을 치우고 외투를 바로 놓는다) 일대 전환이야. 그래, 커다란 변화지. 누군가를 위해 일하면서 살아갈 수 있다는 것이. 그리고 아늑한 가정을 이룬다는 것이 그래, 틀림없이 이루어질 거야. 이 사람들이 빨리 내려왔으면 좋겠는데. (방 밖을 엿본다) 아, 내려오는군. 이제 내 물건들을 챙겨야지.

모자와 외투를 집는다. 헬메르와 노라의 음성이 들린다. 자물쇠가 열리고 헬메르가 노라를 거의 강제로 집 안에 밀어넣는다. 노라는 이탈리아 의상에 크고 까만 숄을 두르고 있다. 헬메르는 예복에다가 너풀거리는 까만 가면복을 걸치고 있다.

노 라 (아직 문간에 서서, 저항하며) 아녜요, 아녜요, 아

네요. 들어가지 않겠어요. 다시 저 위로 올라가
　　겠어요. 그렇게 일찍 떠나고 싶지 않은데…….

헬메르　하지만 여보, 노라.

노　라　오, 정말 부탁이에요, 토르발트. 이렇게 간곡
　　히 한 시간만 더 추겠어요.

헬메르　일 분이라도 안 돼, 노라. 그렇게 약속했지 않
　　소. 자, 이제 방안으로 들어가요. 여기선 감기
　　들겠소. (노라가 반항하지만 부드럽게 방 안으로 밀어
　　넣는다)

린데 부인　안녕하세요?

노　라　크리스티네!

헬메르　아니, 린데 부인. 이렇게 늦게까지 계셨어요?

린데 부인　네, 용서하세요. 노라가 그 의상을 입고 있
　　는 모습이 보고 싶어서요.

노　라　그래 여기 앉아서 지금껏 날 기다렸어?

린데부인　그래, 유감스럽게도 일찍 올 수가 없었어.
　　이미 위층으로 가 버렸더군. 하지만 널 만나기
　　전엔 돌아가고 싶지 않았어.

헬메르　(노라의 숄을 벗겨 준다) 네, 그러시다면 그녀를
　　한 번 잘 보세요. 볼 만한 가치가 있죠? 예쁘지
　　않습니까, 린데 부인?

린데 부인　네, 정말 예뻐요.

헬메르   정말 뛰어나게 예쁘죠? 그게 무도회에 참석한 사람들의 일반적인 생각이었죠. 그러나 노라는 너무 고집쟁이예요. 저 예쁜 아기가 그럴 때 어떻게 하겠어요? 한 번 생각해 보세요. 그녀를 데려오기 위해 거의 완력을 쓰지 않을 수 없었다는 것을.

노 라   오, 토르발트! 당신은 제게 적어도 반 시간쯤 더 하락해 주시지 않은 걸 후회하실 거예요.

헬메르   린데 부인, 제 얘길 들어 보세요. 노라는 타란텔라 춤을 췄어요. 우레와 같은 박수 갈채를 받았죠. 동작에 너무 지나친 사실주의적 요소가 풍기긴 했지만, 아무튼 그 갈채는 당연한 것이었죠. 제 말은 엄격히 말해서 예술이 요구하는 것 이상으로 좀 지나쳤다는 거예요. 어쨌든 훌륭했어요. 중요한 것은 박수를 받았다는 거예요. 우레와 같은 박수갈채를! 그런데도 더 이상 그녀를 거기 놓아 둬야 할까요. 효과를 감소시키려고? 어림없죠. 난 이 매력적인 카프리 처녀의 팔을 붙들었죠. 「카프리의 고집쟁이 처녀」라고 말하고 싶어요. 홀을 한 바퀴 돌면서 사방을 향해 인사하고는, 흔히 소설에서 그러듯 그 아름다운 모습은 사라져 버린 거죠. 퇴장은 언제

나 효과적이어야 해요. 린데 부인, 그런데 난
그 점을 노라에게 이해시킬 수 없어요. 후우,
여긴 덥군요. (도미노 의상을 의자에 던지고 자기 방
으로 향한 문을 연다) 이게 뭐야? 굉장히 어둡군.
그렇지, 때가 어느 땐데. 실례하겠어요. (안으로
들어가서 촛불을 켠다)

노 라 (재빨리 속삭인다. 숨을 죽이고) 어떻게 됐어……?

린데 부인 (조용히) 그 사람과 얘기했어.

노 라 그래서……?

린데 부인 노라, 넌 남편에게 모든 걸 얘기해야 돼.

노 라 (맥 없이) 그럴 줄 알았어.

린데 부인 크로그스타트는 두려워할 게 하나도 없어.
그러나 넌 말해야 돼.

노 라 말하지 않을 거야.

린데 부인 그렇게 되면 편지가 얘기하는 거야.

노 라 아무튼 고마워, 크리스티네. 이제 내가 해야
할 일을 알았어. 흥……!

헬메르 (다시 들어온다) 자, 린데 부인, 그녀의 모습에
놀라셨죠?

린데 부인 네, 이제 작별을 고해야겠어요.

헬메르 아니 왜요, 벌써? 이 뜨개질 그릇이 부인 것
입니까?

린데 부인 (받으면서) 네, 고마워요. 그냥 두고 갈 뻔
했군요.

헬메르 뜨개질을 하시는군요?

린데 부인 네.

헬메르 차라리 수를 놓는 게 어떻는지요?

린데 부인 그래요? 왜요?

헬메르 그게 훨씬 더 아름다워 보이니까요. 자, 보세
요. 수틀을 이렇게 왼손에 들고 오른손으로 바
늘을 움직이죠. 이렇게, 부드럽고 긴 곡선을 그
으며, 그렇지요?

린데 부인 네, 그런 것 같군요.

헬메르 뜨개질은 언제나 보기 흉해요. 여길 보세요.
두 팔을 오므리고 움직이는 뜨개질 바늘은 뭔가
중국적인 냄새가 나요. 아, 오늘 저녁의 샴페인
은 정말 좋았어.

린데 부인 자, 잘 자 노라. 이제 더 고집 피우지 마.

헬메르 말씀 잘하셨어요. 린데 부인.

린데 부인 안녕히 주무세요, 은행장님.

헬메르 (문 앞까지 그녀를 바래다 준다) 안녕히 주무세요.
댁에까지 안녕히 가시기를. 바래다 드리고 싶지
만 그리 멀지 않으니까. 안녕히 주무세요. (그녀
퇴장, 헬메르, 문을 닫고 무대 앞으로 온다)

제 3 장

헬메르, 노라.

헬메르 아, 드디어 떠나 보냈군. 정말 지겨운 여자야.

노　라 피곤하지 않으세요, 토르발트?

헬메르 아니, 전혀.

노　라 졸리지도 않으시고?

헬메르 전혀 그 반대요. 아주 정신이 또랑또랑한걸.
　　　　그런데 당신은? 정말, 당신은 피곤하고 졸리는
　　　　것 같소.

노　라 네, 몹시 피곤해요. 이제 자야겠어요.

헬메르 그것 봐요, 그것 보라니까. 거기 더 오래 있지
　　　　않기를 잘하지 않았소?

노　라 그래요, 당신이 하시는 일은 모두가 옳아요.

헬메르 (그녀의 이마에 키스한다) 이제야 나의 귀여운 아
　　　　내가 옳은 얘길 하는군. 그런데 당신, 오늘 밤
　　　　랑크의 즐거워하는 모습을 보았소?

노 라 그래요? 정말 그랬어요? 전혀 그분과 애기할
수 없었어요.

헬메르 나도 역시 그랬지만, 지금까지 랑크가 그렇게
기분 좋아하는 걸 본 적이 없었소. (그녀를 잠시
바라보고는 가까이 다가온다) 응, 이 방 안에 우리
둘만 있으니 정말 멋있는데. 당신하고 단 둘만
있으니 말이요. 이 매혹적인 젊은 마누라.

노 라 그렇게 쳐다보지 마세요, 토르발트!

헬메르 왜 나의 귀중한 보배를 쳐다보지 말란 말이
오? 이 모든 아름다움이 나의 것이고 또 오로지
내게만 속하는 것이 아니오?

노 라 (테이블 다른 쪽으로 간다) 오늘 밤엔, 제게 그런
말씀하시는 거 싫어요.

헬메르 (그녀의 뒤를 따른다) 아직도 타란텔라 춤의 흥
분이 가시지 않은 모양이군. 그 모습이 더욱 매
혹적인데. 쉿! 손님들이 이제 가기 시작하나 봐
요. (조용히) 노라, 이제 모든 집안이 조용해질
거요.

노 라 네, 그랬으면 좋겠어요.

헬메르 그래, 그렇지, 내 귀여운 노라? 아, 당신은 알
고 있소? 내가 당신과 함께 파티에 참석할 때
면, 왜 내가 당신과 별로 애기를 나누지 않고

멀리 떨어져 이따금 한 번씩 당신을 훔쳐보기만 하는지? 왜 그러는지 알겠소? 그건 나 혼자 이렇게 상상할 수 있기 때문이오. 당신은 나의 은밀한 애인이고 은밀한 약혼자이며, 아무도 우리 둘 사이의 관계를 모를 것이라고.

노 라 네, 네, 네. 전 당신의 모든 생각이 내게 집중되어 있다는 걸 알아요.

헬메르 그리고 우리가 돌아올 때, 숄을 당신의 부드럽고 젊은 어깨에 둘러 줄 때, 신비로운 곡선의 목덜미에 난, 이렇게 상상한다오. 당신은 나의 젊은 신부이며 이제 막 결혼식을 마치고 처음으로 우리 집에 데리고 왔다고. 그리고 처음으로 당신과 단 둘이, 부드럽게 몸을 떠는 젊은 미인과 단 둘만 있게 됐다고! 오늘 저녁 내내, 난 오직 당신만을 연모하고 있었다오. 당신이 타란텔라 춤을 추는 동안, 사람들을 이리저리 쫓고 유혹하는 것을 보았을 때 내 몸의 피가 끓었소. 난 더 이상 견딜 수가 없었소. 바로 그게, 왜 내가 당신을 그렇게 일찍 데리고 내려왔는가 하는 이유이오.

노 라 이제 가세요, 토르발트. 절 혼자 있게 해 주세요. 모든 게 싫어요.

헬메르 그게 무슨 말이오? 농담을 하고 있는거요? 싫
         다고? 모든 게 싫다고? 내가 당신의 남편이 아
         니란 말이오? (문을 노크하는 소리가 들린다)
노 라 (벌떡 일어선다) 들으셨어요?
헬메르 (현관을 향해) 누구요?

제 4 장

앞 장면의 사람들, 랑크.

랑 크 (밖에서) **나야. 잠깐 들어가도 될까?**

헬메르 (조용히, 짜증스럽게) 아, 저 사람이 또 웬일이
야? (큰소리로) 잠깐 기다리게. (가서 문을 열어 준
다) 우리 집 문 앞을 그냥 지나치지 않다니 정말
고맙군.

랑 크 자네 목소리가 들려서 좀 들어오고 싶었던 거
야. (슬쩍 방 안을 살핀다) 아, 이 사랑스럽고 다정
한 방 안. 여기서 당신들과 함께 있으면, 항상
마음이 가라앉고 아늑한 기분이 들어.

헬메르 보니까, 자넨 저 위에서도 기분이 나쁘지 않더
군.

랑 크 정말 좋았어. 왜 기분이 좋지 않겠어? 암, 이
세상 모든 걸 기꺼이 받아들여야지. 아무튼 할
수 있다면, 많이 그리고 오랫동안. 그 술 정말

일품이었어.

헬메르 그래, 그 샴페인 말이지?

랑 크 자네도 그렇게 생각했어? 내가 얼마나 잔을
비웠는지 모르겠단 말이야.

노 라 토르발트도 오늘 밤 샴페인을 많이 마셨어요.

랑 크 그래요?

노 라 네, 그 다음부턴 저렇게 명랑하답니다.

랑 크 그래요, 하루를 성실히 보낸 다음엔 즐거운 저
녁을 가져야죠.

헬메르 성실히 보냈다고? 유감스럽게도 난 그렇질 못
한데.

랑 크 (그의 어깨를 두드린다) 하지만 난, 이보게!

노 라 선생님은 분명 오늘 과학적인 연구를 하셨죠?

랑 크 맞았어요.

헬메르 이것 보라구! 우리 어린 노라가 과학적 연구
에 관해 얘기하다니!

노 라 그리고 선생님께 그 결과에 대해 축하해도 좋
을까요?

랑 크 물론이죠, 하셔도 좋아요.

노 라 그러니까 훌륭한 결과를.

랑 크 가장 훌륭한 결과죠. 의사를 위해서도, 환자를
위해서도, 말하자면 확신을 얻은거죠.

노 라 (성급히 캐묻듯) 확신이라고요?

랑 크 완전히 확신이죠. 그런 후에 어찌 즐거운 저녁
       을 보내지 않겠어요?

노 라 네, 잘하셨어요, 선생님.

헬메르 나도 그렇게 생각하네. 내일 자네가 후회하지
       않는다면 말이야.

랑 크 뭐, 인생이란 후회할 것도 문제될 것도 없는
       거지.

노 라 선생님, 선생님은 가장무도회를 몹시 좋아하시
       죠?

랑 크 네, 우스꽝스럽게도 가장한 모습들을 많이 볼
       수 있다면.

노 라 그런데 다음 가장무도회 땐 우리 두 사람이
       무엇으로 가장하고 나갈까요?

헬메르 이 철없는 사람, 벌써 다음 번 무도회를 생각
       하다니?

랑 크 우리 두 사람이라? 부인께 말씀 드리죠. 행운
       아로 분장하세요.

헬메르 그래, 하지만 거기에 어울리는 의상도 제의해
       야지.

랑 크 자네 부인은 평상시와 다름없는 모습으로 나
       타나게 해.

헬메르   아주 적절한 말이야. 그런데 자네 자신은 무엇으로 나갈 건지 이미 생각해 뒀나?

랑 크   그 문젠, 이보게, 그건 너무나 명백하지 않은가.

헬메르   뭐라구?

랑 크   다음 번 무도회 땐, 형체가 없는 모습으로 나타나지.

헬메르   기묘한 착상이군.

랑 크   옛날에 크고 까만 모자가 있었어. 형체를 볼 수 없게 하는 모자에 관한 얘길 들어봤나? 누구라도 그 모자를 쓰기만 하면, 자기의 모습을 감출 수가 있다네.

헬메르   (웃음을 참으며) 자네 말이 맞아.

랑 크   그런데 왜 내가 여기 들어왔는지 깜빡 잊고 있었어. 헬메르, 시가를 한 대 줘, 까만 하바나로.

헬메르   그러고말고. (담배함을 건네준다)

랑 크   (하나를 집어 끝을 잘라 버린다) 고맙네.

노 라   (성냥을 켠다) 여기 불 있어요.

랑 크   고마워요. (노라 그에게 성냥불을 건네준다. 랑크, 시가를 입에 문다) 그럼 안녕히 계세요!

헬메르   잘 가게 랑크!

노 라 안녕히 주무세요, 선생님!

랑 크 그 인사말 고마워요.

노 라 제게도 인사해 주세요.

랑 크 부인께? 네, 그러죠, 원하신다면. 안녕히 주무
세요. 그리고 성냥불 고마웠어요.

랑크, 두 사람에게 고개를 끄덕이고 나간다.

제 5 장

헬메르, 노라, 나중에 헬레네.

헬메르 (근심스러운 목소리로) 그 친구 오늘 너무 많이 마셨어.

노 라 (혼이 나간 듯) 그런 것 같아요. (헬메르, 열쇠 다발을 주머니에서 꺼내 현관 쪽으로 간다)

노 라 토르발트, 거기서 뭘 하시려는 거예요?

헬메르 편지함을 비워야겠소. 편지가 가득 찼어요. 내일 신문 넣을 자리도 없겠는걸.

노 라 오늘 밤에도 일하실 거예요?

헬메르 아니오, 당신도 알면서. 그런데 이게 뭐야? 여기 누군가가 자물쇠를 건드렸어.

노 라 자물쇠를?

헬메르 그래요. 이게 웬일이지? 하녀들이 그런 것 같지는 않은데? 여기 부러진 머리핀이 있군. 노라, 이건 당신 머리핀이……

노 라 (재빨리) 그럼 애들이 그랬나봐요.

헬메르 아이들 버릇을 고쳐 줘야 해요. 흠, 흠. 응, 그래도 편지함을 열었어. (내용물을 끄집어내곤 부엌을 향해 소리친다)

헬레네, 헬레네, 현관 불을 꺼요! (다시 방 안으로 들어와 문을 닫는다. 손에 편지들을 쥐고) 이것 좀 봐요, 편지가 얼마나 쌓였는지. (편지 뭉치를 한 장 한 장 넘긴다) 그런데 이게 뭐야?

노 라 (창가에서) 그 편지! 아, 안 돼요, 안 돼, 토르발트!

헬메르 두 장의 명함이. 랑크에게서.

노 라 의사선생님에게서.

헬메르 (노라를 바라본다) 의학박사 랑크, 위에 그렇게 쓰여 있소. 조금 전 집을 나갈 때 집어넣은 것 같소.

노 라 그 위에 뭐가 있어요?

헬메르 이름 위에 검은 십자가가 그어져 있소. 자, 봐요. 불안한 생각이 드는걸. 그러한 착상이 마치 자신의 죽음을 예시하는 것처럼.

노 라 사실이 그래요.

헬메르 뭐? 당신 알고 있는 게 있소? 그 친구가 뭐라고 얘기했소?

노 라 네, 이 명함이 오면 그분은 우리와 이별한 것
이라고요. 그분은 방 안에 틀어박혀 돌아가실
거예요.

헬메르 가엾은 친구! 난 더 이상 그 친구를 붙들어
둘 수 없으리란 걸 알고 있었어. 그러나 이렇게
빨리. 더욱이 상처 입은 짐승처럼 틀어 박혀서.

노 라 그런 일이 반드시 일어나야 한다면, 아무 말
없이 일어나는 것이 가장 좋은 거예요. 그렇지
않아요, 토르발트?

헬메르 (왔다갔다하며) 그는 우리와 함께 생활해 왔소.
그 친구가 없는 우리의 생활은 상상할 수 없어
요. 그 친군, 자기의 슬픔과 고독을 지니고서,
우리의 밝은 행복을 위해 어두운 배경의 구실을
했었소. 음, 어쩌면 그게 가장 좋은 방법일지도
모르지. 아무튼 그 친구를 위해선. (멈춰 선다)
그리고 우리를 위해서도, 노라. 이제 우린 의지
할 사람이라곤 우리 둘뿐이오. (그녀를 안는다)
당신, 나의 사랑하는 아내, 난 당신을 꼭 붙들
어 둘 수 없을 것 같다는 생각이 들어요. 노라,
이따금 난 당신에게 어떤 위험이 닥쳤으면 하고
생각해. 내가 당신을 위해 생명과 모든 것을 바
칠 수 있도록.

노 라 (몸을 빼내고 단단히 결심한 듯 말한다) 이제 편지
　　　를 읽으셔야죠, 토르발트.

헬메르 아니오, 아니오. 오늘 밤엔 읽지 않겠소. 당신
　　　곁에 있겠소. 귀여운 사람.

노 라 당신 친구의 죽음을 생각하면서요?

헬메르 맞았소. 그 사실은 우리 두 사람에겐 충격적인
　　　것이오. 우리 사이에 좋지 못한 일이 일어난 거
　　　요. 죽음에 대한 생각, 우리 그런 생각 떨쳐 버
　　　리도록 해요. 그럼, 우리 각자 자기 방으로 갑
　　　시다.

노 라 (그의 목에 매달리며) 토르발트, 안녕히 주무세
　　　요! 안녕!

헬메르 (그녀의 이마에 키스한다) 안녕, 나의 귀여운 종
　　　달새. 잘 자요, 노라. 이제 편지들이나 읽어봐야
　　　겠소. (편지를 갖고 자기 방으로 가서 문을 닫는다)

노 라 (거친 시선으로 주위를 더듬어, 헬메르의 가장복을 붙
　　　잡는다. 그걸 몸에 걸치고 급히 목쉰 소리로 더듬더듬
　　　속삭인다) 그이를 다시는 볼 수 없다니, 결코 다
　　　시는. (머리 위로 숄을 던진다) 그리고 아이들도 다
　　　시는 보지 못하겠지, 결코 다시는. 오, 이 얼음
　　　처럼 찬 시커먼 물 속으로. 오, 땅이 꺼져 버린,
　　　이……. 오, 어서 지나갔으면. 이제 그인 편지를

읽겠지. 아…… 아니야, 아니야, 아직은. 토르발트, 안녕. 당신과 아이들도 모두 안녕. (복도를 통해 뛰어나가려 한다. 그 순간 헬메르가 문을 열어젖히고 손에 편지를 든 채 서 있다)

헬메르 노라!

노 라 (크게 비명을 지르듯) 아!

헬메르 이게 어찌 된 영문이요? 이 편지에 뭐라고 쓰여 있는지 알고 있소?

노 라 네, 알고 있어요. 절 가게 해 주세요! 나가게 해 줘요!

헬메르 (그녀를 제지한다) 어딜 가려는 거요?

노 라 (몸을 빼내려고 애쓴다) 전 구제받을 수 없어요, 토르발트.

헬메르 (뒤로 주춤 물러나며) 사실이군! 그 자가 쓴 내용이 사실이란 말이지? 끔찍스러운 일이야! 아니야, 아니야! 그게 사실일 리가 없어.

노 라 사실이에요. 전 이 세상에서 무엇보다 당신을 사랑했어요.

헬메르 그런 어리석은 변명은 하지 말아요!

노 라 (한 발자국 그에게로 다가가며) 토르발트!

헬메르 이런 불행한 일이. 당신이 무슨 짓을 했단 말이오?

노 라   떠나게 해 주세요. 당신이 그 죄를 대신 갚지
         않아도 돼요. 당신이 그 책임을 떠맡아선 안 돼
         요.

헬메르   우스운 연극 하지 말아요. (문을 닫는다) 여기
         서서 내게 설명해 봐요. 당신이 무슨 짓을 했는
         지 알겠소. 대답해 봐요!

노 라   (그를 잔뜩 쏘아보며 점점 똑똑한 어투로 말한다)
         네, 이제 완전히 이해하기 시작했어요.

헬메르   (방 안을 왔다갔다하며) 오, 이 무슨 끔찍스러운
         일이란 말인가. 지금까지 팔 년 동안 나의 기쁨
         이며 자랑이었던 여자가, 위선자이며 사기꾼이
         라니. 더욱 나쁜 것은 범죄자라니. 오, 이 비열
         하기 짝이 없는 행동. 에이, 퉤!

노 라   (말 없이 계속 그를 노려본다)

헬메르   (그녀 앞에 멈춰서서) 내가 그런 일이 일어나리
         란 것을 미리 알아차렸어야 했는데. 예측했어야
         했단 말이오. 당신 아버지의 모든 이 경솔한 성
         격을. 닥쳐요! 당신은 그 경솔한 성격을 그대로
         물려받았단 말이오. 신앙도, 도덕도, 의무감도
         없는. 오, 당신 아버지의 일을 너그럽게 봐 준
         대가로 이런 벌을 받아야 하다니. 모두 당신을
         위해서 한 건데, 이렇게 보답을 받아야 하다니.

노 라 네, 그렇게.

헬메르 당신은 나의 모든 행복을 무너뜨렸소. 모든 장래를 망쳐 버렸단 말이오. 아, 생각만 해도 끔찍해. 내가 양심도 없는 인간의 손아귀에 놓이게 되다니. 이제 그 자는 내게 못할 짓이 없을 거야. 자기 마음에 드는 것이면 뭐든지 요구할 테고, 기분 내키는 대로 명령하려 들겠지. 그러면 난 아무 말 못하고 따라야 할 거야. 경솔한 아내 때문에 이렇게 비참하게 몰락해 버리다니!

노 라 내가 없어져 버리면 당신은 벗어날 수 있어요.

헬메르 아무 말 말아요. 당신 아버지도 걸핏하면 그런 말을 하더군, 당신 얘기처럼. 당신이 없어진다 해도 내게 무슨 소용이 있겠소? 아무 소용없는 일이오. 어쨌든 그 자는 사실을 세상에 알릴 거요. 그렇게 되면, 난 사전에 당신의 범죄 행위를 알고 있었다는 혐의를 받게 되겠지. 심지어는 내가 배후에서 조종했다고 믿는 사람도 있을 거요. 내가 당신을 사주했다고 말이오. 이 모든 게 당신의 덕택이오. 함께 살아오면서 줄곧 소중히 보살펴 온 당신의 덕분이란 말이오? 이제 당신이 내게 어떠한 행위를 했는지 알겠소?

노 라 (냉정하고 침착하게) 네.

헬메르 너무나 믿어지지 않는 일이라서, 지금도 뭐가 뭔지 모르겠소. 하지만 어떤 방법으로든지 수습하도록 해야 돼요. 숄을 벗어요. 벗으라고 하지 않소! 난 그 자를 어떤 방법으로든지 진정시키도록 해봐야겠소. 어떤 일이 있어도 이 사건은 무마되어야 해요. 그리고 당신과 나는, 우리들 사이에 아무 일도 없었던 것처럼 보여야 해요. 물론 외부에 대해서만. 따라서 당신은 계속 집에 있어야 해요. 그건 자명한 일이오. 애들을 교육하는 일은 허락지 않겠소. 난 이제 당신을 더 이상 믿을 수가 없소. 오, 그토록 진정으로 사랑해 온 사람에게 이런 말을 해야 하다니. 자, 그 얘긴 이제 끝내야겠소. 이제부턴 행복이란 당치도 않은 얘기요. 오직 남은 건 폐허와 잿더미. 그리고 어떻게 체면을 세우느냐 하는 문제뿐이오. (초인종이 울린다. 헬메르 움찔한다)

헬메르 무슨 일일까? 이렇게 늦게? 최악의 사태가 왔단 말인가? 그 자가? 몸을 숨겨요, 노라! 당신이 아프다고 할 테니. (노라 꼼짝 않고 서 있다. 헬메르, 앞으로 가서 문을 연다)

헬레네 (반쯤 옷을 벗은 채 복도에서) 마님에게 편지가 왔어요.

헬메르 이리 줘요. (편지를 쥐고 문을 닫는다) 그래, 그
자에게서 온 거군. 당신에게 주지 않겠소. 내가
직접 읽어 봐야겠소.

노 라 읽어 보세요.

헬메르 (램프 옆에서) 읽을 용기가 나지 않아. 이제 우
리 두 사람이 끝장인지도 몰라. 당신과 내가 아
니야, 그래도 알아야겠어? (편지를 급히 뜯어 몇
줄을 읽어 내려간다. 동봉한 서류를 주시한다. 기뻐 외
친다) 노라!

노 라 (어리둥절해서 그를 쳐다본다)

헬메르 노라! 아니야, 다시 한 번 읽어봐야겠어. 그
래, 그래. 사실이야. 난 살았소! 노라, 난 살았
단 말이오!

노 라 그리고, 저는요?

헬메르 물론 당신도. 우리 둘 모두 살아났소. 자 봐
요! 그 사람이 당신에게 채무증서를 보냈단 말
이오. 그 사람은 모든 걸 유감으로 생각하며 후
회하고 있다고 썼소. 그리고 자기 인생에 행복
한 변화가 왔다고. 아, 그가 뭐라고 썼든지, 그
건 우리와 상관없는 일이오. 우린 살았소. 노라,
이제 아무도 당신을 해칠 수 없소. 오, 노라, 노
라. 그렇지, 우선 이 끔찍스러운 서류 조각부터

없애 버려야지! 다시 한 번 볼까. (채무증서에 시선을 가져간다) 아니야, 전혀 보고 싶지 않아, 이 모든 걸 꿈으로 돌려야지. (증서와 편지를 찢어 난로에 던진 다음, 그것들이 불타는 것을 바라본다) 자, 이제 없어져 버렸소. 그 사람은 당신이 크리스마스 이브 때부터, 아무튼 그 후 사흘 동안 당신에겐 끔찍스러운 날들이었겠소, 노라!

노　라　전 이 사흘 동안 엄청난 시련을 겪었어요.

헬메르　당신이 엄청난 고통을 겪어야 했다니, 더구나 다른 탈출구도 없이. 아니, 우리 이젠 이 지긋지긋한 일들을 더 이상 생각지 맙시다. 우린 거듭 기뻐하기만 하면 되는 거요. 이제 끝났소, 지나갔단 말이오. 내 말이 들리지 않소, 노라? 당신은 아직도 뭐가 뭔지 모르는 것 같군요. 그래, 끝났단 말이오! 대체 이건 무슨 일이지? 이 굳은 얼굴 표정? 아, 가엾은 노라, 알았소. 내가 당신을 용서했다는 사실이 아직도 믿어지지 않는 모양이지. 하지만 난 정말 용서했소, 노라. 분명히 얘기하지. 난 당신에게 모든 걸 용서했소. 당신이 날 사랑하는 마음에서 그렇게 했다는 것을 잘 알고 있소.

노　라　네, 사랑하는 마음에서였어요.

헬메르 아내가 남편을 사랑해야 하듯이, 당신도 나를 사랑했소. 단지 그 방법을 판단하지 못했던 거요. 그런데 당신이 자주적으로 행동할 수 없다고 해서, 내가 당신을 덜 사랑한 줄 아오? 아니오, 아니오, 마음 놓고 내게 의지해요. 난 당신에게 조언을 해주고 또 지도해 갈 거요. 어쩔 바를 모르는 여자다움이 내 마음을 끌지 않았다면 난 남자가 아니오. 내가 처음에 놀라서 한심한 말들에 신경 쓰지 말아요. 그땐 모든 게 내 머리 위에 무너져 떨어지는 것 같았소. 난 당신을 용서했소, 노라. 약속해요, 난 당신을 용서했소.

노 라 용서해 주시니 고마워요. (왼쪽 문을 지나 퇴장)

헬메르 아니, 잠깐 (안을 들여다본다) 거기 구석방에서 뭘 하려는 거요?

노 라 (밖에서) 가장무도복을 벗으려고요.

헬메르 (열린 문 앞에서) 그래, 그렇게 해요. 기분을 가라앉히고 마음의 안정을 갖도록 해요. 겁에 질린 내 귀여운 종달새, 마음 놓고 좀 쉬도록 해요. 내가 보호해 줄 테니. (문 근처를 왔다갔다하며) 우리 가정은 정말 아름답고 마음에 들어요, 노라. 여기선 당신은 모든 불행에서 안전할 수 있소. 쫓기는 비둘기를 매의 발톱에서 구출하는 것처럼 당신을 보호해 주겠소. 펄떡펄떡 뛰는 당신의 심장을 다시 진정시켜 주겠소. 이제 차츰 평화가 다시 깃들 거요, 노라. 내일이면 이 모든 것이 당신 눈에 다른 모습으로 나타날 거요. 곧 이전처럼 그렇게 될 거요. 이제 당신을 용서했다는 말을 되풀이할 필요가 없겠지. 당신 자신이 강력하게 느끼고 있으니까. 내가 어떻게 감히 당신을 내쫓고 한마디라도 비난의 말을 할 수 있겠소! 오, 당신은 순수하고 진정한 남편의 사고 방식을 모르고 있구려, 노라. 자기 아내를 솔직히, 진심으로 용서했다는 남편의 마음속엔 뭔가 형언할 수 없는 달콤하고 흐뭇한 감정이 깃들고 있다오. 그 아내는 그렇게 됨으로써 곱절이나 값진 남편의 보배가 되는 것이고, 또한 남편으로 인해 새로이 탄생되는 것이오. 이를테면 여자란, 아내이자 아기의 역할을 동시에 하고 있는 거요. 그리고 지금부턴 당신도 실제로 그렇게 되어야 해요. 이 어쩔 줄 모르고 의지할 데 없는 사람. 이제 아무것도 두려워할 필요가 없소, 노라. 언제나 내게 솔직히 대하면, 난 곧 당신의 뜻과 양심이 되어 줄 테요. 어찌된 거요,

자리에 들지 않고? 옷을 바꿔 입었군?

노　라　(평상복을 입고 등장한다) 네, 토르발트, 지금 옷
　　　을 갈아입었어요.

헬메르　왜? 지금, 이렇게 늦었는데?

노　라　오늘 밤 전 잠자지 않아요.

헬메르　그런데, 여보…….

노　라　(자기의 시계를 본다) 아직 그렇게 늦진 않았어
　　　요. 여기 앉으세요, 토르발트. 우리 두 사람은
　　　서로 할 얘기가 많아요. (그녀는 테이블 다른 쪽에
　　　가서 앉는다)

헬메르　노라, 어찌된 일이오? 이 싸늘하고 굳은 얼굴
　　　은.

노　라　앉으세요, 시간이 오래 걸릴 거예요. 전 당신
　　　과 할 얘기가 많으니까요.

헬메르　(그녀의 맞은편에 앉는다) 노라, 불안한데…….
　　　당신을 전혀 이해하지 못하겠소.

노　라　바로 그 점이에요. 당신은 절 이해 못해요. 그
　　　리고 나도 당신을 이해하지 못했구요. 오늘 저
　　　녁까지도. 아니, 제 얘길 들으세요. 제가 말하는
　　　걸 듣기만 하세요. 우리들의 관계를 청산하는
　　　거예요, 토르발트.

헬메르　그게 무슨 말이오?

노　라　(잠시 침묵을 지킨 후에) 우리가 여기 앉아 있는
　　　지금, 생각나는 게 없어요?

헬메르　그게 뭘까?

노　라　우린 결혼한 지 8년이나 됐어요. 당신과 나,
　　　남편이고 아내인 우리 두 사람이 오늘 처음으로
　　　서로 진지하게 얘길 나눈다고 생각하지 않으세
　　　요?

헬메르　그래요, 이렇게 진지하긴. 그래서 무슨 얘길
　　　하려는 거요?

노　라　함께 살아온 8년 동안, 아니 그보다 더 길지
　　　모르죠. 우리가 알게 된 첫날부터 여태까지, 우
　　　린 한 번도 어떤 문제에 대해 서로 진지하게 얘
　　　길 나누지 못했어요.

헬메르　내게 아무런 도움이 되어 줄 수가 없는데도,
　　　당신을 여러 가지 근심 속으로 끌어넣어야 옳았
　　　단 말이오?

노　라　근심거리에 대해 얘기하는 게 아니에요. 제 말
　　　은 아직 한 번도 우리가 어떤 문제를 진지하게
　　　서로 의논한 적이 없었다는 거예요.

헬메르　그런데 노라, 그게 그렇게도 소원이었소?

노　라　그래서 지금 그 문제를 얘기하는 거예요. 당신
　　　은 절 한 번도 이해하지 못했어요. 전 부당한

일을 많이 당해 왔어요, 토르발트. 처음엔 아빠
에게서, 그리고 당신에게서.

헬메르 뭐라구, 우리 두 사람에게서? 당신을 누구보
다도 더 진정으로 사랑해 온 우리에게서?

노 라 (머리를 흔든다) 당신들은 날 사랑하지 않았어
요. 당신들에겐 나를 좋아하는 것이 하나의 심
심풀이에 지나지 않았어요.

헬메르 하지만, 노라. 그게 무슨 말이오?

노 라 네, 사실이 그래요, 토르발트. 제가 아직 시집
오기 전 아빠와 함께 있었을 땐, 아빠는 자신의
모든 생각을 제게 얘기해 줬어요. 그래서 저도
아빠와 같은 생각을 지니게 되었죠. 만일 제가
다른 생각을 하게 되면, 전 그걸 비밀로 했어요.
왜냐하면 내 자신의 생각이 아빠에겐 불쾌했을
테니까요. 아빠는 절 작은 인형이라고 불렀고,
제가 인형을 갖고 놀듯이 저와 함께 놀아 주셨
어요. 그 후 전 이 집으로 시집을 왔죠.

헬메르 우리들의 결혼을 어떻게 그런 말로 표현하고
있소!

노 라 (계속 차분하게) 그래서 전 아빠의 손에서 당신
의 손으로 넘겨진 거죠. 당신은 모든 걸 당신의
취향에 맞춰 꾸려 왔으며, 저도 당신과 같은 취

향을 갖게 됐죠. 아니면, 그저 그렇게 따라서 한 거죠, 잘 모르지만. 아무튼 때로는 그렇게 하기도 하고, 또 이렇게 하기도 했겠죠. 이제 돌이켜 보면, 내가 이 집에서 불쌍한 사람처럼 근근이 살아왔다는 생각이 들어요. 전 당신에게 여러 가지 재주를 부려 보이는 것으로 생활해 온 거예요, 토르발트. 하지만 당신은 그걸 좋아 하셨죠. 당신과 아빠, 당신들은 내게 커다란 죄 를 범한 거예요. 내가 아무 쓸모 없이 돼 버린 것은 당신들의 책임이에요.

헬메르 당신은 정말 몰지각하고 배은망덕한 여자군! 도대체 당신은 이 집에서 행복하지 않았단 말이 오?

노 라 그래요, 전 한 번도 행복한 적이 없었어요. 행 복하다고 믿었지만 실제론 그렇지 않았어요.

헬메르 행복하지 않았다고! 저런…….

노 라 그래요, 그저 재미있었을 뿐이죠. 그리고 당신 은 언제나 제겐 친절했고. 그러나 우리 집은 유 희실이나 다름없었어요. 친정에 있을 땐 아빠에 게서 조그만 인형 취급을 받았고, 여기선 큰 인 형 취급을……. 그리고 아이들은 다시 나의 인형 들이 되었지요. 전 당신이 나와 함께 놀아 주면

아주 만족했어요. 마치 아이들이 내가 함께 놀아
주면 만족하듯이. 그게 바로 우리들의 결혼이었
지요, 토르발트.

헬메르　당신의 얘기에도 일리는 있소, 지나치게 과장
되긴 했지만. 하지만 지금부턴 달라져야 하지
않겠소. 유희의 시기는 지나고 이제 교육할 시
기가 오니까.

노　라　누구의 교육이에요? 내 교육인가요, 아니면
애들의 교육 말인가요?

헬메르　당신과 아이들의 교육이지, 노라.

노　라　아, 토르발트. 당신은 나를 당신에게 어울리는
아내로 교육할 수 있는 남자가 아니에요.

헬메르　아니, 그런 말을 다 하다니?

노　라　그리고 저는, 어떻게 제가 아이들을 교육시킬
자격이 있겠어요?

헬메르　노라!

노　라　조금 전에 당신이 직접 말하시지 않았어요. 교
육 문제는 내게 맡길 수 없다고?

헬메르　흥분했었기 때문이오. 그 말을 그렇게 중요시
하다니!

노　라　아녜요, 당신 말씀이 정말 옳았어요. 전 아이
들을 교육할 능력이 없어요. 그보다 앞서 다른

문제가 해결되어야 해요. 즉 제 자신을 먼저 교육하는 일이죠. 그 문제에 있어선 당신이 절 도와 줄 수 없어요. 제 혼자 힘으로 해보겠어요. 때문에 지금 당신 곁을 떠나는 거예요.

헬메르 (벌떡 일어선다) 무슨 말이오?

노 라 나 자신과 그리고 내 주위환경에 대한 올바른 관계를 발견하기 위해선, 전 제 발로 일어서도록 해야 돼요. 그래서 당신 곁에 머물러 있을 수가 없는 거예요.

헬메르 노라, 노라!

노 라 지금 당장 당신의 집을 떠나겠어요. 크리스티네가 오늘밤은 재워 주겠지요.

헬메르 당신 미쳤군! 그건 허락지 않겠소! 절대로 안 돼!

노 라 저한테 뭘 금지한다고 해도 아무 소용없는 일이에요. 제 물건은 제가 가져가겠어요. 당신 것은 손대지 않겠어요. 지금도, 앞으로도.

헬메르 그건 정말 미친 짓이야!

노 라 내일 집으로 떠나요, 저의 출생지로. 거기선 어떤 식으로든지 생계를 꾸려 나가는 일이 그렇게 힘들지 않을 거예요.

헬메르 오, 이 눈 먼, 철없는 것!

노　라　경험을 쌓도록 해보겠어요, 토르발트.

헬메르　당신의 가정과 남편과 아이들을 버리다니! 남
　　　　들이 무슨 말을 할지, 생각해 보지도 않았소?

노　라　전 그런 건 개의하지 않아요. 이렇게 하는 것
　　　　이 불가피하다는 걸 알고 있을 뿐이에요.

헬메르　정말 분통이 터지는군. 그런 식으로 당신의 신
　　　　성한 의무를 저버리다니!

노　라　무엇이 나의 신성한 의무란 말인가요?

헬메르　구태여 내가 그걸 얘기해야겠소? 당신의 남편
　　　　과 아이들에게 대한 의무 말이오.

노　라　전, 마찬가지로 신성한 다른 의무를 갖고 있어
　　　　요.

헬메르　그런 건 없소. 대체 어떤 의무란 말이오?

노　라　나 자신에 대한 의무예요.

헬메르　그보다 당신은 아내이며 어머니요!

노　라　이젠 그렇게 생각지 않아요. 무엇보다 전 당신
　　　　과 똑같은 하나의 인간이라고 생각해요. 적어도
　　　　전 한 인간이 되도록 노력하겠어요. 대부분의
　　　　사람들은 당신이 옳다고 얘기하겠지요. 그리고
　　　　그런 유(類)의 얘기가 책에 적혀 있다는 것도
　　　　알고 있어요. 하지만 이젠 더 이상, 일반의 여
　　　　론이나 책에 적힌 내용에 만족할 수 없어요. 저

　　　　자신이 여러 가지 일들을 깊이 생각하고 분명히
　　　　이해할 수 있도록 해야겠어요.

헬메르　당신은 먼저 자기 가정에서의 자신의 위치를
　　　　분명히 알아야 하지 않겠소. 당신은 이런 문제
　　　　에 관해 진실한 안내자가 없단 말이오? 신앙이
　　　　없단 말이오?

노　라　아, 토르발트. 전 신앙이 뭔지 잘 몰라요.

헬메르　무슨 말을 하고 있는 거요!

노　라　제가 견신례를 받을 때, 한젠 목사가 하신 말
　　　　씀 외에는 아무것도 몰라요. 그분은 말했어요,
　　　　종교란 그렇고 그런 것이라고. 제가 모든 것에
　　　　서 벗어나 혼자 있게 되면 그 문제를 한번 근본
　　　　적으로 규명해 보겠어요. 그리고 한젠 목사가
　　　　하신 말씀이 옳은 것인지 알아보겠어요. 아니
　　　　그보다, 나에게 옳은 것인지를…….

헬메르　젊은 여자의 입에서 일찍이 그런 얘기를 들어
　　　　본 일이 없어! 종교가 당신에게 올바른 길을 제
　　　　시해 주지 않는다면, 적어도 당신의 양심은 흔
　　　　들어 움직일 수 있겠지. 당신은 도덕적인 감정
　　　　을 지니고 있소? 대답해 봐요! 설마 그것도 없
　　　　을라구?

노　라　글쎄요, 토르발트. 대답하기 어렵군요. 저는

그것을 모르고 있으니까요. 저에겐 이 문제가
확실하지 않아요. 단지 제가 그런 문제에 대해
서 당신과 전혀 다른 의견을 갖고 있다는 것뿐,
요즈음엔 법률도 제가 생각했던 것과는 다르다
는 얘기를 들었어요. 그러나 법률이 공평하다는
얘기는 잘 믿어지지 않아요. 여자는 자기의 죽
어가는 늙은 아버지를 간호하고, 남편의 생명을
구할 권리도 없단 말인가요? 도대체 그런 건 믿
지 못하겠어요.

헬메르   어린 애 같은 얘기를 하는군. 당신은 자기가
살고 있는 사회란 것을 모르고 있소.

노 라   그래요, 저는 사회를 몰라요. 하지만 지금부터
배우려고 해요. 전 누가 옳은지, 사회가 옳은지,
내가 옳은지 확인해 보겠어요.

헬메르   노라, 당신은 어디가 아픈 것 같아. 열이 있어
요. 당신이 온전한 정신이라고는 믿기지 않소.

노 라   오늘밤처럼 이렇게 정신이 맑은 적은 여태 없
었어요.

헬메르   그러면 온전한 정신으로 남편과 아이들 곁을
떠난단 말이오?

노 라   네, 그래요.

헬메르   그렇다면 한 가지 해석밖에 내릴 수 없군.

노 라 무슨 얘기죠?

헬메르 당신은 이제 날 사랑하지 않는다고.

노 라 네, 바로 그거예요.

헬메르 노라, 당신이 그런 말을 하다니!

노 라 저도 마음이 아파요, 토르발트. 당신은 저에게
언제나 친절히 대해 주셨으니까요. 하지만 어쩔
도리가 없어요. 이젠 당신을 사랑하지 않아요.

헬메르 (진정하려고 애쓰며) 그 얘기 역시 분명한 사실
이고 또 그렇게 확신하고 있는지?

노 라 네, 틀림없어요. 바로 그 때문에 더 이상 여기
에 있고 싶지 않은 거예요.

헬메르 그러면 무엇 때문에 내가 당신의 사랑을 잃게
되었는지 설명해 줄 수 있겠소?

노 라 네, 설명 드릴 수 있어요. 바로 오늘 저녁, 그
기적 같은 일이 일어나기 전이었죠. 그때 저는,
당신이 제가 생각했던 그런 남자가 아니란 것을
알았어요.

헬메르 좀 더 자세히 얘기해요, 무슨 얘긴지 모르겠
소.

노 라 전 지금까지 8년 동안 참고 견디며 기다려 왔
어요. 왜냐하면 정말이지 저는 기적이라는 것이
일상의 일처럼 그렇게 쉽게 일어나지 않는다는

것을 알았기 때문이죠. 그러다가 이런 불행이 제게 밀어 닥쳤어요. 그때 저는, 이제야 기적이 일어나겠지 하고 굳게 믿었어요. 크로그스타트의 편지가 저기 편지함 속에 있었을 때, 당신이 그 사람의 위협에 굴복하리라고는 꿈에도 생각지 않았어요. 전 당신이 이렇게 얘기하리라고 철석같이 믿고 있었죠. 「그 사실을 얼마든지 세상에 알리시오」라고. 그리고 그렇게 될 때…….

헬메르 그래서? 내가 내 아내를 모욕과 굴욕을 당하도록 내버려 둔다면…….

노 라 그런 후에 당신은, 내가 철석같이 믿었던 대로 세상 사람들 앞에 나서서 모든 책임을 떠맡고 이렇게 얘기할 줄 알았죠. 「내가 바로 죄인이오!」라고.

헬메르 노라……!

노 라 결코 그런 희생을 당신에게서 기대할 수 없었을 거란 말이죠? 네 물론이죠. 하지만 나의 이러한 확신들이 그런 당신에 대해 무슨 가치가 있었겠소? 그게 바로, 내가 두려움과 전율을 느끼며 기다렸던 기적이었어요. 그것을 막기 위해 전 제 생명에 끝을 내려고 했었죠.

헬메르 당신을 위해 밤낮 가리지 않고 즐거운 마음으로 일할 거요, 노라. 당신을 위해 모든 고통과 고난을 짊어질 거요. 하지만 아무도 자기가 사랑하는 사람을 위해 명예를 버리진 않을 거요.

노 라 수백만의 여자들은 그 명예를 버렸어요!

헬메르 아, 당신은 생각하고 말하는 것이 철부지 어린애 같아.

노 라 그럴 거예요. 하지만 당신은 제가 의지할 수 있는 남자처럼 생각하고 말하지 않아요. 당신의 두려움이 사라지고 저를 위협하는 것에 대한 두려움이 아니라, 당신의 면전에 절박해 있는 것에 대한 두려움이 이제 더 이상 무서울 것이 없게 되었을 때, 당신의 두 눈은 곧 아무 일도 없었던 것처럼 보였어요. 저는 다시 이전처럼 당신의 귀여운 종달새로 돌아갔고, 너무나 연약하고 부서질 것 같기에 앞으로는 곱절이나 소중하게 다룰, 당신의 인형으로 되돌아갔던 거예요. (몸을 일으킨다) 토르발트, 지금 이 순간 전 분명히 깨달았어요. 난 8년 동안 낯선 남자와 함께 살아왔고, 그 남자에게 세 아이를 낳아 줬다는 것을……. 아, 그런 생각을 하니 정말 견딜 수 없어요! 온몸이 갈기갈기 찢어지는 것만 같아요.

헬메르 (무거운 마음으로) 알겠소, 알겠소. 우리 사이에
  심연(深淵)이 가로놓인 거요. 하지만, 노라. 거
  기에 다리가 놓여야 하지 않겠소?

노 라 지금의 저는 당신의 아내가 아니에요.

헬메르 나 자신을 변화시킬 용의가 있소.

노 라 그럴지도 모르죠. 만약 당신에게서 이 인형이
  없어진다면.

헬메르 나를 떼어 놓는다고? 당신에게서 나를 떼어
  놓는다고? 안 돼, 안 돼, 노라. 생각도 할 수
  없는 일이오.

노 라 (왼쪽 방으로 간다) 이젠 더욱더 피할 수 없는
  일이에요. (외투와 조그만 여행가방을 갖고 와서 테이
  블 옆 의자 위에 놓는다)

헬메르 노라, 노라. 지금은 안 돼! 내일까지 기다려
  줘.

노 라 (외투를 걸친다) 밤에 모르는 남자의 집에서 지
  체할 수 없어요.

헬메르 하지만 남매처럼 여기서 살 수도 없소?

노 라 (모자의 끈을 단단히 묶는다) 그것이 오래 가지
  않으리라는 것을 잘 아시죠? (숄을 두른다) 안녕
  히 계세요, 토르발트. 아이들은 만나지 않겠어

요. 저보다 더 잘 돌봐 줄 사람이 있으니까요. 사실, 지금의 저는 애들에게도 아무것도 아닌 존재지요.

헬메르 하지만 나중에라도, 노라……나중에라도……?

노 라 그걸 어떻게 알아요? 제가 어떻게 될지 저도 몰라요.

헬메르 하지만 당신은 나의 아내요, 지금뿐 아니라…….

노 라 이봐요, 토르발트! 지금 저의 경우처럼 내가 남편의 집을 떠나면, 내가 들은 바에 의하면, 남편은 법률에 따라 아내에 대한 모든 의무에서 벗어나는 거예요. 어쨌든 당신을 모든 의무에서 풀어 드리겠어요. 당신은 아무것에도 속박감을 느낄 필요가 없어요. 제 자신 그러고 싶어하는 것처럼. 양쪽 다 자유를 만끽하는 거예요. 자, 여기 당신 반지를 돌려 드리겠어요. 제 반지도 주세요.

헬메르 그것마저도?

노 라 네, 그것도.

헬메르 여기 있소.

노 라 자, 이제 모두 끝났어요. 여기 열쇠를 놓고 가겠어요. 하녀들이 집안 일을 모두 알고 있어요,

저보다도 잘. 제가 떠나고 나면 내일 크리스티네가 이리로 와서, 제가 친정에서 갖고 왔던 물건들을 꾸릴 거예요. 그 물건들은 제게 보내 주어야 해요.

헬메르 끝났군, 끝났어! 노라, 이젠 결코 날 생각지 않을 거요?

노 라 물론, 때로는 당신과 아이들, 그리고 이 집이 생각나겠지요.

헬메르 편지해도 괜찮겠소, 노라?

노 라 안 돼요, 절대로. 편지를 해서는 안 돼요.

헬메르 아, 하지만 당신한테 뭘 보낼 수는 있겠지……?

노 라 아무것도 보내지 마세요, 아무것도.

헬메르 당신이 곤궁에 처했을 때 당신을 돕는 일도?

노 라 안 돼요. 전 타인에게선 아무것도 받지 않아요.

헬메르 노라, 앞으로 결코 타인 이상의 존재가 될 수 없을까?

노 라 (여행가방을 든다) 아, 토르발트. 그땐 가장 경이로운 기적이 일어나야 할 거예요.

헬메르 그 경이로운 기적이 뭔지 얘기해 줘요!

노 라 그땐, 당신과 나, 우리 두 사람이 완전히 달라져야 할 거예요. 그래서……아, 토르발트. 전 이제 기적 같은 건 믿지 않아요.

헬메르 하지만 난 그걸 믿고 싶소. 어서 말해 봐요! 어떻게 달라져야 하는 건지?

노 라 우리 두 사람 사이의 동거생활이 바로 결혼생활이 될 수 있도록 말이에요. 안녕히 계세요.

(현관방을 거쳐 나간다)

헬메르 (문 옆 의자 위에 주저앉아 두 손으로 얼굴을 감싼다) 노라! 노라! (주위를 살피더니 일어선다) 없어. 그녀는 이제 여기 없어. (그의 마음속에 한 가닥 희망이 남아 있는 듯) 가장 경이로운 기적이……!

아래쪽에서 문이 덜커덩거리며 닫힌다.

연 보

1828년 3월 20일, 스키인에서 출생. 양친은 크누트
   입센과 마리헨 입센. 중류 이상의 가정. 대부분
   상인과 정부 관리. 가족 중 많은 사람이 시정과
   국정에 영향력이 있었다.

1830년 헨릭의 동생 요한 안드레아스 출생. 가운(家
   運)이 한층 번성하다.

1832년 입센, 스토크만 가(街)에서 호화로운 훈데바
   트 저택으로 이사. 헨릭의 누이동생 헤트비히
   출생. 입센의 번영과 부귀의 절정기였다.

1834년 크누트 입센의 재정적 어려움이 심각해짐.
   헨릭의 동생 니콜라이 출생. 헨릭의 가장 어렸
   을 적 회상은 스토크만 가에서 보낸 마지막 일
   년과 훈데바트에서의 생활이다.

1836년 크누트 입센 파산. 가족들은 스키인에서 멀
   지 않은 게르펜 교구 내의 뷘스퇴프의 작은 읍
   으로 이사. 모두들 궁핍한 생활을 하다. 헨릭의

동생 올파우스 출생. 헨릭에겐 쓰라렸던 소년기
였다.

1837년   헨릭 입센이 게르펜과 스키인에서 학교를 다
니다. 얼마 동안 시내에 있는 사설학원에도 다
녔다. 아침저녁으로 뵌스퇴프와 마을 사이를 걸
어서 통학. 가능한 한 빨리 세상 밖으로 나가
자신의 길을 개척하고자 하는 마음이 싹텄다.
독서와 그림 그리기에 흥미를 갖고 있었으며,
이 시절 이미 취미가 같은 친구들과 작은 모임
을 가졌던 것 같다.

1843년   게르펜 교회의 목사와 더불어 견신례의 준비
를 하다. 목사는 성경의 역사에서 특히 뛰어난
그의 재능을 칭찬하였다. 게르펜 교회에서 10월
1일 견신례를 받음.

1844년   연초에 그림스타트로 이사. 스키인에서 사귀
었던 친구 중 한 사람인 약제사 라이만의 견습
직원으로 들어감. 매우 적은 봉급과 형편 없는
작업 조건으로 매우 고독한 생활을 하다. 그의
일생에 있어 매우 불행한 시기였다.

1846년   하녀 엘제 보르케달과 헨펜 입센 사이의 아
들, 한스 야콥 출생.

1847년   라르 닐센의 약국에서 일함. 여기서 최초의

시를 지음. 주로 우울한 시를 썼다.

1848년 2월혁명의 분위기에 젖다. 분노와 정열이 불타 오름. 대학 입학 자격을 얻기 위해 보조 목사와 함께 라틴어를 공부하였음. 그림스타트에서 친구가 생기기 시작. 특히 크리스토퍼 듀와 올 슐레루트와 친하게 되다. 〈카틸리네〉(비열한 반역자) 발표.

1849년 몇 편의 시를 쓰고 《아케르후스의 포로들》이란 소설과 희곡 《노르만스》를 계획함. 노르웨이의 위대한 영웅인 올라브 트리그바손의 전기를 작품화할 것도 구상하다.

1850년 오슬로에서 생활하다. 대학 입학 시험을 치르다. 조건부 입학 허가를 받음. 《용사의 무덤》 발표. 파울 한센과 아스문트 빈제와 함께 〈앤드림너〉지 발행. 앤드림너에 단막극 〈노르마〉를 기고. 1851년 가을, 올 불에 의해 베르겐 국립극장에서 조감독 및 각본 작가로 일하게 되다.

1851년 베르겐 국립극장에서 극작가로서의 경험을 쌓다. 이 시절이 입센의 무대 실습기로 간주됨.

1852년 덴마크와 독일을 두루 여행하다. 드레스덴과 코펜하겐을 방문. 헤르만 헤트너의 저서 《현대

드라마≫에 영향받다. ≪성 요한의 밤≫을 저술
하다.

1853년 1월 2일, 그의 여행 기간 동안과 1852년 여
름에 쓰여졌던 〈성 요한의 밤〉이 초연되다. 무
대감독의 일을 맡아 보다. 이 해 여름 리케 홀
스트와 친교를 맺다.

1854년 1월 2일, 오슬로에서의 초기 작품을 개필한
〈용사의 무덤〉 초연. 이 해 봄, 트론트 하임에
서 순회공연.

1855년 1월 2일, 〈잉게르 부인〉 초연. 전설문학을
연구하다. 〈축제〉 발표.

1856년 1월 2일, 〈축제〉 초연. 수잔나 토레센과 약
혼. 칼요한 앙케르와 하르당 산맥 여행. ≪올라
프 릴예크란스≫의 저술에 몰두. 웁살라에서 열
린 스칸디나비아 학생 대집회에 관심을 갖다.

1857년 1월 2일, 〈올라프 릴예크란스〉 초연. 오슬로
로 여행, 베르겐으로 돌아오다. 늦은 여름 오슬
로의 노르웨이 극장 감독으로 취임. 오슬로를
방문했을 때 뵈른손을 만남. ≪바이킹≫ 저술에
몰두하다.

1858년 ≪바이킹≫ 간행. 6월 18일 수잔나 토레센과
결혼. 그녀의 부친은 결혼 며칠 전에 사망하였

음. 입센, 몇 편의 시를 쓰다. 노르웨이 극장의
감독으로 분주한 생활을 보내다.

1859년 극장에서의 작품 활동이 점차 어려워짐. 아
들 지구르트 입센 태어나다. 노르웨이 선거의
해에 많은 정치적 쟁의가 벌어짐. 2년 동안 베
르겐 극장 지배인으로 있다가 오슬로로 돌아온
뵈른손과 친교 관계를 맺다. 뵈른손과 함께 노
르웨이 협회를 다시 설립. 입센은 저작활동을
할 수 없게 되어 점차로 우울증에 빠짐

1860년 단편 《스반힐트》 저술. 그의 고민이 가중되
다. 뵈른손과 빈예가 정부 연금을 타게 된 데에
비해 입센은 실패함. 마그누스 바게로부터 미술
수업을 받다. 그의 아들 한스 야콥이 견신례를
받음. 그에 대한 재정적 보조를 중단함. 극장에
서의 활동이 점차 어려워지다.

1861년 시 〈테르에 비켄〉을 쓰다. 1860~1861년
겨울 동안 병에 걸려 드러눕다. 1861년 봄에
건강을 회복. 극장 운영이 파산지경에 이르다.
수잔나 입센은 남편이 시련을 겪는 동안 여러
가지 조력을 아끼지 않았다.

1862년 대학으로부터 민담 수집의 목적으로 소액의
보조금을 받다. 구드브란달까지 여행했으며 산

맥을 넘어서 소온에까지 이르렀다. 노르웨이 북서 해안에 머물러 있다가 롬스달과 구드브란달을 거쳐 오슬로로 돌아오다. 거기서 중요한 관찰을 하였으며 많은 자료들을 모았다. 이러한 자료들이 후에 《브란드》와 《페어귄트》 등으로 구체화되었다. 《사랑의 희극》 발표. 크리스티아니아 극장에서 임시직을 맡다. 여행과 민속학을 연구하기 위한 보조금을 받다.

1863년 민속학을 연구하기 위해 대학에서 또 다른 보조금을 받았으나 계속되진 못했다. 6월 중순 베르겐에서 열린 음악 축제에 참가하다. 《왕위 요구자》를 저술. 로마와 파리에서 연구하도록 국가로부터 보조비를 받다. 독일과 덴마크 사이의 국제적 분쟁에 심히 동요되다.

1864년 연초에 노르웨이를 떠나 로마로 가다. 독일이 덴마크를 패배시킨 데에 대해 계속 괴로워하다. 독일군이 베를린으로 개선하는 것을 보다. 로마와 그렌자노에서 여름을 보내다. 브루운 가족을 만남. 줄리앙 황제에 대한 드라마를 집필할 계획을 하고 《브란드》 저술을 시작. 수잔나 입센과 지구르트, 크리스마스를 보내러 로마에 왔다가 계속 그곳에 머무르다.

1865년 아리치아에서 가족과 여름을 보내다. 브루운 가족과 계속 친교를 맺다. 《브란드》 탈고.

1866년 로마 생활 중 여름을 이쉬아 섬과 소렌토에서 보내다. 《페어귄트》 탈고. 《브란드》의 간행으로 스칸디나비아에서 명성을 얻다. 이로써 60년대 초에 시작된 정신적 위기가 끝남. 매우 행복하고 사기 왕성한 시절.

1867년 계속 이탈리아에 머무르다. 《페어귄트》를 발표함으로써 필명을 떨치다. 특히 스칸디나비아에서.

1868년 드레스덴으로 돌아오다. 지구르트 입센이 학교 다니기 시작함. 드레스덴에 머무르는 동안 마리이 토레센이 입센 가족과 함께 생활하다. 입센이 《페어귄트》의 비평으로 애를 태우다. 뵈른손에게 실망을 느끼고 그와 절교하다. 풍자 문학을 생각하기 시작함.

1869년 드레스덴 생활. 여름 동안 스톡홀름에서 열린 언어학 회의에 참석. 수에즈 운하의 개통식에 참석차 파리를 거쳐 이집트로 가다. 〈청춘동맹〉을 발간한다. 헨릭의 어머니인 마리헨 입센, 스키인에서 사망.

1870년 드레스덴에 머물러 있었으나, 프랑크와 프러

시아 전쟁 동안 그의 가족은 코펜하겐으로 가
다. 시집 발행. 라우라 킬러가 드레스덴의 입센
가(家)를 방문. 그들은 그녀를 종달새라 부르다.

1871년 드레스덴 생활. ≪황제와 갈릴리 인≫을 쓰
기 시작.

1872년 한 편지에서 이 기간 동안 매일 ≪황제와 갈
릴리 인≫을 집필했다고 한다. 그 1부를 완성.
휴가의 얼마 동안을 티롤에서 보내다. 8월 8일
부터 2부 저술에 들어감. 입센 가족이 바발리아
산맥에서 돌아온 후, 많은 스칸디나비아인들이
그들을 방문하다. 마리이 토레센, 드레스덴을
떠나다.

1873년 드레스덴에 머무르다. 베니터 가 22번지 3
층. ≪황제와 갈릴리 인≫ 완성, 같은 해에 발
행. 여름 동안 드레스덴 근교에서 지내다. 6월
이후로는 빈 미술 전시회에서 심사위원으로 일
하다. 노르웨이 여행을 계획. 뮌헨이나 로마로
돌아갈 의사를 밝히다.

1874년 드레스덴 생활. 여름 동안 노르웨이 방문.
에드바르트 그리크의 음악을 곁들인 새로운 〈페
어퀸트〉를 계획하다. 입센 여사의 언니 마리이
토레센이 코펜하겐에서 사망. ≪카틸리네≫의

개정판을 계획. 6월 게오르크 브란데스가 며칠 동안 드레스덴에서 입센과 함께 지내다.

1875년 4월까지 드레스덴에 머무르다. 4월에 뮌헨으로 이사. 지구르트, 뮌헨의 학교로 전학하다. ≪카틸리네≫의 개정판을 간행. 늦여름 동안 티롤의 키츠뷔엘에 머무르다. 〈사회의 지주〉 1막과 2막을 끝내다.

1876년 뮌헨 생활. 여름 동안 티롤의 고센자스에서 보내다. 로렌츠 티트리히손이 그를 방문하다. 독일에서 출판되는 드라마로 몹시 분주한 나날을 보내다. 〈페어귄트〉가 에드바르트 그리크의 음악과 함께 크리스티아니아 극장에서 상연되다.

1877년 뮌헨 생활. 여름 동안 입센 여사와 지구르트, 노르웨이 방문. 9월에 스웨덴으로 가서 웁살라 대학에서 명예 철학박사 학위를 수여받다. ≪사회의 지주(支柱)≫ 출판함. 헨릭의 부친, 크누트 입센 스키인에서 사망.

1878년 뮌헨 생활. 여름 동안 고센자스에서 지내다. 가을에 로마로 가다.

1879년 로마 생활. 여름 동안 이말피에서 지내고 가을에 뮌헨으로 돌아옴. 뮌헨의 새집을 장식하기

위해 로마에서 많은 그림을 사오다. ≪인형의
집≫ 출판.

1880년 뮌헨 생활. 여름 동안 입센 여사와 지구르트
노르웨이에 가다. 입센은 그들이 없는 동안 요
나스리이와 베르히테스가덴에서 시간을 보내다.
가을에 가족들은 로마에 가다. 지구르트 뮌헨에
서 학업을 끝내다.

1881년 로마 생활. 여름 동안 소렌토에서 지내다.
≪유령≫발간.

1882년 로마 생활. 여름 동안 고센자스에서 지내다.
≪민중의 적≫ 발간. 노르웨이 자유주의자들에
대한 실망을 나타냄. 뵈른손을 찬양하는 발언을
함. 지구르트 입센, 로마에서 법학박사 학위를
받다.

1883년 로마 생활. 여름 동안 고센자스에서 지냄.

1884년 로마 생활. 여름 동안 고센자스에서 지냄. 슈
바즈에 가서 뵈른손을 방문. ≪들오리≫ 간행. 지
구르트 입센, 오슬로 영사관에서 근무하게 되다.

1885년 로마에서 생활. 여름 동안 노르웨이의 몰데
에서 지냄. 오슬로 표르드에 하기 별장을 갖는
것과 영원히 노르웨이에 머무를 의사를 피력.
바다에 대한 동경심을 나타냄. 칼 스노일스키,

몰데의 입센가를 방문. 로렌츠 디트리히손과 오
슬로 대학의 일부 학생 서클과 충돌. 지구르트
입센, 스웨덴과 노르웨이 대사관에 근무. 그 후
노르웨이에서 머무른 다음, 뮌헨 막시밀리안 32
에 정착하다.

1886년 줄곧 뮌헨에서만 지내다. 지구르트 입센, 워
싱턴 주재 노르웨이 공사관에 근무. 〈로스메르
스홀름〉 간행.

1887년 뮌헨 생활. 마이닝겐과 베를린에서 〈유령〉
공연. 입센도 참석하다. 이 드라마는 독일에서
화제의 초점이 되었음. 여름 동안 덴마크의 유
틀란트에서 지내다. 헨릭 예거 그곳에서 그를
방문. 바다를 연구하기에 특히 분주했다.

1888년 60회 생일을 축하받다. 헨릭 입센의 전기 출
판. ≪바다에서 온 여인≫ 출간.

1889년 여름 동안 고센자스에서 작가 입센을 기리기
위해 입센광장 명명식이 있었음. 에밀리에 바르
다흐를 만나다.

1890년 ≪헷다 가블러≫ 출판.

1891년 7월까지 뮌헨과 노르웨이로 가서 오슬로의
빅토리아 테라스에 정주하다. 여름 동안 노르웨
이 북단을 여행.

1892년   오슬로 빅토리아 테라스에 생활하다. ≪건축
        의 대가≫ 발표.
1894년   ≪어린 아이욜프≫ 발표.
1895년   빅토리아 테라스에서 오슬로 아르빈 가 1번
        지로 이사. 입센 여사와 지구르트의 겨울을 티
        롤에서 보내다. 입센 여사 건강 회복에 애쓰다.
        모자가 여름 동안 이탈리아에 머무르다. 헨릭
        입센, 매우 고독함을 느끼다.
1896년   ≪요온 가브리엘 보르크만≫ 발표.
1897년   오슬로 아르빈 가 1번지에서 생활. 매우 고
        독한 신세를 한탄.
1898년   70회 생일을 축하받다. 그의 전집 출판을 계
        획
1899년   ≪우리, 사자(死者) 깨어날 때≫ 발표. 불안
        과 마음의 동요를 느끼기 시작하다.
1900년   뇌일혈로 저작활동이 불가능하게 되다. 때때
        로 마을을 드나들기도 하고 그의 집 건너편 정
        원을 산책하기도 했으나 완전한 저술 활동은 불
        가능했음.
1906년   헨릭 입센 사망. 동시대의 작가였던 뵈른손
        의 무덤 바로 가까이 있는, 오슬로의 구세주 묘
        지에 안장되다.

옮긴이 약력

외국어대학 독어과 졸업
외국어대학 대학원 독어과 졸업
단국대학교 문리과대학 전임교수 역임
외국어대학 교수 역임

논문 및 편저
Wolfgang Borchert의 작품 ≪Draußen vor der Tür≫에 나타난 인간
과 절대자의 관계
≪Die Bürger von Calais≫의 문체연구
≪Hochschuldeutsch≫

번역서
지그프리드 렌츠 ≪안대(眼帶)≫

인형의 집 〈서문문고 240〉

개정판 인쇄 / 2000년 6월 15일
개정판 발행 / 2000년 6월 20일
옮긴이 / 김 충 남
펴낸이 / 최 석 로
펴낸곳 / 서 문 당

주 소 / 서울시 마포구 성산동 103-7호
전 화 / 322—4916~8 팩스 / 322-9154
등록일자 / 1973. 10. 10
등록번호 / 제13-16

* 잘못된 책은 바꾸어 드립니다

서문문고 목록

001~303
◆ 번호 1의 단위는 국학
◆ 번호 홀수는 명저
◆ 번호 짝수는 문학

155 신역 서경 / 이민수 역주
156 임어당 에세이션 / 임어당
157 신정치행태론 / D.E.버틀러
158 영국사 (상) / 모로아
159 영국사 (중) / 모로아
160 영국사 (하) / 모로아
161 한국의 괴기담 / 박용구
162 윤손 단편 선집 / 윤손
163 권력론 / 러셀
164 군도 / 실러
165 신역 주역 / 이기석
166 한국 한문소설선 / 이민수 역주
167 동의수세보원 / 이제마
168 좁은 문 / A. 지드
169 미국의 도전 (상) / 시라이버
170 미국의 도전 (하) / 시라이버
171 한국의 지혜 / 김덕형
172 감정의 혼란 / 쯔바이크
173 동학 백년사 / B. 윔스
174 성 도밍고성의 약혼 /클라이스트
175 신역 시경 (상) / 신석초
176 신역 시경 (하) / 신석초
177 베를렌느 시집 / 베를렌느
178 미시시피씨의 결혼 / 뒤렌마트
179 인간이란 무엇인가 / 프랭클
180 구운몽 / 김만중
181 한국 고시조사 / 박을수
182 어른을 위한 동화집 / 김요섭
183 한국 위기(圍棋)사 / 김용국
184 숲속의 오솔길 / A.시티프터
185 미학사 / 에밀 우티쯔
186 한중록 / 혜경궁 홍씨
187 이백 시선집 / 신석초
188 민중들 반란을 연습하다
　　/ 귄터 그라스
189 축혼가 (상) / 샤르돈느
190 축혼가 (하) / 샤르돈느
191 한국독립운동지혈사(상)
　　/ 박은식
192 한국독립운동지혈사(하)
　　/ 박은식

193 항일 민족시집/안중근외 50인
194 대한민국 임시정부사 /이강훈
195 항일운동가의 일기/장지연 외
196 독립운동가 30인전 / 이민수
197 무장 독립 운동사 / 이강훈
198 일제하의 명논설집/안창호 외
199 항일선언·창의문집 / 김구 외
200 한말 우국 명상소문집/최창규
201 한국 개항사 / 김용욱
202 전원 교향악 외 / A. 지드
203 직업으로서의 학문 외
　　/ M. 베버
204 나도향 단편선 / 나빈
205 윤봉길 전 / 이민수
206 다니엘라 (외) / L. 린저
207 이성과 실존 / 야스퍼스
208 노인과 바다 / E. 헤밍웨이
209 골짜기의 백합 (상) / 발자크
210 골짜기의 백합 (하) / 발자크
211 한국 민속약 / 이선우
212 젊은 베르테르의 슬픔 / 괴테
213 한문 해석 입문 / 김종권
214 상록수 / 심훈
215 채근담 강의 / 홍응명
216 하디 단편선집 / T. 하디
217 이상 시전집 / 김해경
218 고요한물방아간이야기
　　/ H. 주더만
219 제주도 신화 / 현용준
220 제주도 전설 / 현용준
221 한국 현대사의 이해 / 이현희
222 부와 빈 / E. 헤밍웨이
223 막스 베버 / 황산덕
224 적도 / 현진건
225 민족주의와 국제체제 / 힌슬리
226 이상 단편집 / 김해경
227 심략신강 / 강무학 역주
228 굿바이 미스터 칩스 (외) / 힐튼
229 도연명 시전집 (상) /우현민 역주
230 도연명 시전집 (하) /우현민 역주
231 한국 현대 문학사 (상)]

    / 전규태
232 한국 현대 문학사 (하)
    / 전규태
233 말테의 수기 / R.H. 릴케
234 박경리 단편선 / 박경리
235 대학과 학문 / 최호진
236 김유정 단편선 / 김유정
237 고려 인물 열전 / 이민수 역주
238 에밀리 디킨슨 시선 / 디킨슨
239 역사와 문명 / 스트로스
240 인형의 집 / 입센
241 한국 골동 입문 / 유병서
242 토마스 울프 단편선/ 토마스 울프
243 철학자들과의 대화 / 김준섭
244 파리시절의 릴케 / 버틀러
245 변증법이란 무엇인가 / 하이스
246 한용운 시전집 / 한용운
247 중론송 / 나아가르쥬나
248 알퐁스도데 단편선 / 알퐁스 도데
249 엘리트와 사회 / 보트모어
250 O. 헨리 단편선 / O. 헨리
251 한국 고전문학사 / 전규태
252 정을병 단편집 / 정을병
253 악의 꽃들 / 보들레르
254 포우 걸작 단편선 / 포우
255 양명학이란 무엇인가 / 이민수
256 이육사 시문집 / 이원록
257 고시 십구수 연구 / 이계주
258 안도라 / 막스프리시
259 병자남한일기 / 나만갑
260 행복을 찾아서 / 파울 하이제
261 한국의 효사상 / 김익수
262 갈매기 조나단 / 리처드 바크
263 세계의 사진사 / 버먼트 뉴홀
264 환영(幻影) / 리처드 바크
265 농업 문화의 기원 / C. 사우어
266 젊은 처녀들 / 몽테를랑
267 국가론 / 스피노자
268 임진록 / 김기동 편
269 근사록 (상) / 주희
270 근사록 (하) / 주희

271 (속)한국근대문학사상/ 김윤식
272 로렌스 단편선 / 로렌스
273 노천명 수필집 / 노천명
274 콜롱바 / 메리메
275 한국의 연정담 /박용구 편저
276 삼현학 / 황산덕
277 한국 명창 열전 / 박경수
278 메리메 단편집 / 메리메
279 예언자 /칼릴 지브란
280 충무공 일화 / 성동호
281 한국 사회풍속야사 / 임종국
282 행복한 죽음 / A. 까뮈
283 소학 신강 (내편) / 김종권
284 소학 신강 (외편) / 김종권
285 홍루몽 (1) / 우현민 역
286 홍루몽 (2) / 우현민 역
287 홍루몽 (3) / 우현민 역
288 홍루몽 (4) / 우현민 역
289 홍루몽 (5) / 우현민 역
290 홍루몽 (6) / 우현민 역
291 현대 한국시의 이해 / 김해성
292 이효석 단편집 / 이효석
293 현진건 단편집 / 현진건
294 채만식 단편집 / 채만식
295 삼국사기 (1) / 김종권 역
296 삼국사기 (2) / 김종권 역
297 삼국사기 (3) / 김종권 역
298 삼국사기 (4) / 김종권 역
299 삼국사기 (5) / 김종권 역
300 삼국사기 (6) / 김종권 역
301 민화란 무엇인가 / 임두빈 저
302 무정 / 이광수
303 야스퍼스의 철학 사상
    / C.F. 월레프
304 마리아 스튜아트 / 쉴러
311 한국풍속화집 / 이서지
312 미하엘 콜하스 / 클라이스트
314 직조공 / 하우프트만
316 에밀리아 갈로티 / G. E. 레싱
318 시몬 마샤르의 환상
    / 베르톨트 브레히트